〔韩〕崔真娥 著

幻想·性别·文化

韩国学者眼中的
中国古典小说

社会科学文献出版社
SOCIAL SCIENCES ACADEMIC PRESS (CHINA)

目　录

序一　　刘世德　　／001
序二　　郑在书　　／004
前言　　／001

中国小说从何时开始关注女性身体
　　——以唐代性爱文化叙事为中心　　／001
欲望和意识形态
　　——通过传奇来看唐代男性的欲望　　／018
仙女还是妓女
　　——唐代爱情类传奇中出现的仙妓合流现象　　／040
妖的诱惑
　　——浅谈唐代传奇中的女性形象　　／049
昆仑奴·他者·幻想
　　——以唐代昆仑奴为中心　　／061
从妓女到汧国夫人
　　——以女性学分析《李娃传》　　／071

唐代传奇《李娃传》的转用
——朝鲜汉文小说《王庆龙传》 / 083

牢不可破的经典及其谱系
——东亚书写女性的历史 / 097

韩·中女性教育书之叙事策略和文化意识形态
——以明·朝鲜之《内训》为中心 / 138

东亚爱情类传奇之探索
——关注幻想以及女性 / 154

东西方中世纪爱情叙事的探索
——幻想、欲望、意识形态的比较学分析 / 183

参考文献 / 200

后 记 / 214

序 一

结识真娥以来,已有十多年了。

那时,她来文学所,在我的名下进修。

她很勤奋,阅读和分析作品,细心而认真。

她善笑。这是一种自然流露而非作态的笑。妻在背后夸她的长相和笑容神似蒲松龄笔下的婴宁。我却以为,这反映了她性格中的天真、乐观、爽朗、豁达的一面,而这在女性学者中是不多见的。

真娥的书,有丰富的内容,有深刻的见解,给我的感觉,几乎到了篇篇珠玑的地步。

真娥的书名很有意思:"韩国学者眼中的中国古代小说"。说它有意思,是因为它反映了这部专著是从韩国学者的视角来观察和分析中国作品的,因而给中国的读者带来了一股清新的风。

我觉得,在"学者"之前,再加上"女性"二字,更显得突出。

"女性学者",有其独特的、缜密入微的一面。

从对《李娃传》的研究,可以看出真娥的这个治学特点。

她不仅认为,《李娃传》是一篇"立足于儒教伦理观念的男性作者的叙事文学，而且以男性为'预想读者'"，其中"叙述的事都是经过男性角度矫正过的，这必然会遮蔽其中所涉及的女性观点和欲望"，还进一步指出，"从女性学的视角来看，妓女李娃很可能是一位立足于社会性的性意识（Gender）上的有提高自己身份欲望的女性，而在男性叙事的框架中，她不过是一位悔过自新帮助男性体现儒教意识形态的女性。她本身的欲望被隐藏在男性叙事中不被识别的部分，这个部分只能通过'抵抗性读书'才能暴露"。

无怪乎这篇论文在"跨文化视野下中国古代小说学术研讨会"（2011年，广州）上获得了好评。

我也欣赏她对朝鲜汉文小说《王庆龙传》和中国小说《李娃传》、《玉堂春落难逢夫》的比较研究。

我不由想到了《九云记》抄本，想到了《三国志演义》朝鲜翻刻本和铜活字本。

二十余年前，在韩国发现了小说《九云记》抄本。我在1993年发表过一篇论文，《论〈九云记〉》，断定它是一部出自中国作家之手的作品，撰写于清代嘉庆年间。2013年，我又在别墅中接受韩国电视台的专题采访，畅谈此书发现所产生的特殊意义：此书自朝鲜汉文小说《九云梦》改编而来，在历史上，中韩文化交流从来不是单向的。

前几年，在韩国又相继发现了《三国志演义》的朝鲜翻刻本和铜活字本。我两次赴韩，参加与此事有关的学术会议。我在论文中明确地肯定了这两部书的发现对中国古代小说研究的重大意义：有助于深入研究《三国志演义》等小说在域外的流传情况，有助于研究它们在明代嘉靖年间以及在嘉靖之前以抄本、印本流传的情况，以弥补和加强中国小说史研究中的空白和薄弱环节。

　　对我们两国学者来说，在中韩文化交流、学术交流领域中，要添砖加瓦的事，显然很多很多。

　　愿与真娥共勉。

　　真娥此书不愧是中韩学术交流中的一朵奇葩。

　　期待真娥有更多的论文发表，有更多的专著出现在中国学者和读者的案头。

　　盼望真娥对中韩学术交流做出更多的贡献。

刘世德

2013 年初夏于北京

序 二

  崔真娥是一直致力于唐传奇研究的学者，她兢兢业业做学问，已经在唐传奇研究方面有所建树，且深孚众望。我见证了她整个大学的学习和生活历程，并且曾在她攻读硕士学位期间研究裴铏的《传奇》时，对其进行指导。当时我便感到，崔真娥是个才气过人又勤勤恳恳的学生。

  取得博士学位后，崔真娥以洋溢的热情，每年都发表大量的优秀论文。她译注了《传奇》、《北里志》等唐代的重要作品，学术研究成果丰富，在同辈的学者中出类拔萃。不仅如此，她的研究方法也有独到之处。

  崔真娥尊重中国传统的治学方法，并在此基础上援用后殖民主义、叙事学、女性主义、象征学、形象学等当代的理论，以一种与以往不同的研究方法对唐传奇进行分析。同时，考虑到唐文化对整个东亚地区的影响，她从韩国、越南等周边文化比较研究的角度对此问题进行了研究。她也以女性特有的视角，对性别、文化等方面进行了深入研究。她的这种研究既是对唐传奇的一种重新诠释，也对中国文学研究的多样性做出了不小的贡献。

  崔真娥只摘选了其过往发表的论文中的精彩论文编辑成

书，以此问世。其中有一些在中国内地的期刊上已经发表过，也有一些没有在中国公开发表，她精心编辑的这本著作，既展示了一位年轻又有才能的韩国学者的本色，也介绍了近期韩国的中国文学研究的重要动向。希望通过崔真娥的这本著作，中国学者可以对韩国的中国文学研究产生新的认识和理解。

  在酷热的三伏天，崔真娥也在专心编辑此书。在临近出版之际，她拜托我写序，我欣然答应。希望崔真娥的学术之路前途无量。谨以此为序。若有疏略之处，敬请谅解。

三角山瀑布洞人郑在书
癸巳仲夏　谨记

前　言

　　对于韩国学者来说，研究中国古典小说有着怎样的意义呢？这也是笔者一直思考的一个问题。自古以来，对于韩国来说，中国既是文化的源泉，也是最密切的文化伙伴。作为研究中国古典小说的韩国学者，笔者一直都在思考中国古典小说的文化含义、其与韩国古典小说的影响关系及不同，并且也思考它与西方古典小说的不同之处。

　　笔者的博士论文主题是研究唐代爱情类传奇。通过研究唐代爱情类传奇，笔者了解到中国古典小说具有的文化含义非常丰富。中国古典小说具有历史和虚构两个特征。传奇在根据历史进行叙述的同时，加入了道术、变身、与异类的恋爱等幻想部分。在这一点上，中国古典小说和西方概念中的完全虚构"Fiction"有着很大的不同。换言之，中国古典小说存在于历史和虚构之间。

　　笔者通过唐代爱情类传奇认识到，中国古典小说的初期作家是接受了儒教教育的男性。儒教这个强大的意识形态以及习得了这种意识形态的男性作家有着怎样的爱情观呢？爱情故事中的女性又以何种方式被描写的呢？本书中的十一篇学术论文均是基于这些疑问而写成的。

第一篇论文是《中国小说从何时开始关注女性身体——以唐代性爱文化叙事为中心》。这篇论文研究了中国小说是从什么时候开始关注女性身体的。笔者在这篇论文中把唐代的道教和妓楼文化与对女性身体的积极关注联系在一起，并认为这种关注成为唐代爱情类传奇的形成背景。

第二篇论文《欲望和意识形态——通过传奇来看唐代男性的欲望》是关于唐代爱情类传奇的篇末部分附加的议论文。议论文以男性及儒教为主展开。本文分析了唐代爱情类传奇的作者书写这种议论文的原因，而且叙述了作者对爱情的欲望和作者当时的意识形态在传奇中又是怎么体现出来的。这是这篇论文的主要内容。

第三篇论文《仙女还是妓女——唐代爱情类传奇中出现的仙妓合流现象》研究了仙女和妓女这两种相反的女性在男性作家的笔下合流的现象。这一部分，以有关汉武帝的《幽明录》记录和韩国的金庾信故事为例，说明了仙女的世俗化，并关注了记录唐代妓女的《北里志》中的妓女的名字，提出了把妓女比喻成仙女这一观点。

第四篇论文《妖的诱惑——浅谈唐代传奇中的女性形象》，论述了把美丽的女性比喻为妖的原因。这篇论文使用了精神分析学的"阿尼玛"（Anima）、"阿尼姆斯"（Animus）等概念，说明了美丽的女性变为"可恶的诱惑者"的过程，并考察了把这些女性看做"他者"（The others），把她们从男性的领域中排除的过程。论文中，以日本和越南的类似小说为例进行说明。

第五篇论文《昆仑奴·他者·幻想——以唐代昆仑奴为中心》也是有关"他者"的研究。这篇论文中，笔者主张昆仑奴是被从汉族的叙事中排除的"他者","他者"属于幻想的领域。也就是说,笔者认为,关于"他者",汉族主体对其持有并未成熟的观点,因此,把昆仑奴认为是幻想的存在。笔者用批判性的观点分析了昆仑奴的文化意义。

第六篇论文《从妓女到汧国夫人——以女性学分析〈李娃传〉》从女性学的观点分析了唐代传奇《李娃传》。唐代爱情类传奇是由男性作者写成的。那么,爱情类传奇中的女主人公的本来面貌是怎样的,她们的欲望又是怎样的,这些都需要再次分析。所以这篇论文从女性学的角度评价了《李娃传》,分析了女主人公李娃的欲望。

第七篇论文《唐代传奇〈李娃传〉的转用——朝鲜汉文小说〈王庆龙传〉》也是一篇分析《李娃传》的论文。唐代爱情类传奇《李娃传》对《玉堂春落难逢夫》产生了影响后,又传到了朝鲜,也对朝鲜的汉文小说《王庆龙传》产生了重大影响。在这个过程中,唐代的《李娃传》中出现的积极主动的女性面貌,在朝鲜的《王庆龙传》中变为男主人公坚守贞节的儒教伦理的守护者。所以,这篇论文重点论述了同样主题的小说根据中国和韩国的文化不同而发生了怎样的变化。

第八篇论文《牢不可破的经典及其谱系——东亚书写女性的历史》分析了东亚最早的女性教育书《列女传》。目前,女性学大部分都依据西方引进的理论。笔者认为,这是因为东亚的女性学还没形成理论基础。所以,这篇论文考察了《列女传》及其谱系,并对韩国的女性列传进行了论述,从中韩比较的层面对女性书写的历史进行了考察。

第九篇论文《韩·中女性教育书之叙事策略和文化意识形态——以明·朝鲜之〈内训〉为中心》是关于明代和朝鲜

的同名书《内训》的论文。两本书起初是皇室女性教育书，后来被民间女子耽读。两本书虽然都是由女性写成的女性教育书，但却没有反映女性的立场，而是代言了以男性为主的伦理。在这一点上，较有特点。

第十篇论文《东亚爱情类传奇之探索——关注幻想以及女性》是一篇分析中国、韩国、日本和越南的传奇中出现的幻想和女性的论文。虽然主题相同，但由于各国文化的不同而各有不同。受到中国传奇影响的韩国传奇最具有儒教的特征，日本传奇具有佛教色彩。而越南的传奇体现出了与越南本身的民俗相结合的面貌。这些爱情类传奇都与西方的虚构"Fiction"不同。历史与幻想、事实与虚构的相互结合，才是东亚爱情类传奇的共同之处。

第十一篇论文《东西方中世纪爱情叙事的探索——幻想·欲望·意识形态的比较学分析》与第十篇论文相关。这是一篇对东方的爱情类古典小说和西方的罗曼史（Romance）进行比较分析的论文。东方受到儒教的影响，而西方在中世纪受到基督教意识形态的影响。这一时期，东西方的中世纪爱情叙事中，魔法、不死药、炼金术、变身等幻想都作为叙事的一种手法出现。这些中世纪的爱情叙事与近代之后西方出现的现实主义（Realism）完全相反。也就是说，这篇论文想要论证近代之前东西方都具有过共同的叙事特质。

以上十一篇论文中，笔者使用"小说"这个词的次数非常有限。现在韩国的学术界对从西方引进的"小说"（Novel）这个词语持有接纳和排斥等各种观点。因为以纯虚构"Fiction"为基础写的"小说"与历史和幻想重叠的中国古典小说的性质不同，笔者在本书中使用了"叙事"这个词语，只有在必要的情况下才使用"小说"这个表达方式。从"叙事"的概念来看,"唐代爱情类传奇"、"明代拟话本"等体裁(Genre)都是叙事的一个形态。由此,《列女传》和《内训》这些作品就都属于"叙事"这个范畴。但为了使读者容易理解,书名使用了"中国古典小说"的说法。本书以韩国学者的角度再次考察了之前的作品,这一点具有重要意义。同时,本书在中国学者的研究成果的基础上,试图进行创造性的、全新的诠释。在诠释的过程中,介入了女性学、精神分析学、比较文学等理论,并使用了"东方主义"(Orientalism)、文本批评等观点。虽然是同一主题,但笔者却关注中国和韩国或是日本和越南是怎样进行不同的描写的,试图找出东亚文化的共同点和不同点。

  最后说明,本书中的论文大部分是由在中国举办的国际研讨会上发表的论文进行再次修改、补充而成的。

中国小说从何时开始关注女性身体
——以唐代性爱文化叙事为中心

一 引言

春寒赐浴华清池，温泉水滑洗凝脂。
侍儿扶起娇无力，始是新承恩泽时。

浓艳到无以复加的这一诗篇是唐代著名诗人白居易所作的《长恨歌》中的一小段落。这首诗主要颂扬了唐玄宗和杨贵妃的爱情故事。在诗的字里行间，白居易就好像是躲在旁边看一样，那样详尽地描写了完成香浴后娇艳动人的杨贵妃，他主要把视线锁定在杨贵妃的娇体上。读完诗，就是当今的读者也能够充分地体会到那份撩人的性感。

这首诗性感诱人，可是联系到诗的主人公，有更值得我

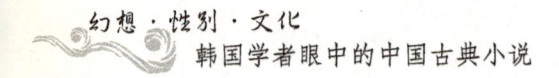

们注意的地方：这正是两个主人公在特殊状况下达成的关系。杨贵妃本来是玄宗第十八个儿子寿王喜爱的女人，被玄宗一眼看中后就成了他的妃。用严格的儒教宗法制度来评价的话，这完全是违背伦理道德的行为。但是，他们这样超越常规的行为，不但被当时的社会所容纳，更在同时代的文学作品中常常被叙述成美丽浪漫的爱情故事。当然玄宗是当时具有绝对权威的皇帝身份，即使是把儿媳夺来做宠妃，也并不是什么难事。但是进行深究的话，他们当时这样的行为之所以能被社会所容纳，是有其深层次原因的。那就是和其他封建王朝相比，唐代社会拥有绝对不同的差别性。在这里值得我们关注的一点是：在那样一个被儒教宗法制度深深包裹的社会里，人们对于违背禁条的行为，反而能用更加宽容的态度来接受。正是在这样的文章脉络下，本文准备就唐代爱情类传奇的形成背景做一番探索。

进入唐代以来，逐渐形成了一种新的叙事类型，那就是以男女爱情为主要内容的唐传奇，即描述男女相悦之事，细致地描写男女之间细腻的感情交流和爱情行为。而这在前代的叙事故事中是无法找到的。这和自唐以来爱情叙事盛行的社会风气的形成有密切关系。而且考虑到这种爱情叙事体的读者群是以儒教素养为标准而选拔出来的士人阶层时，就引发了更值得研究的一方面，那就是孕育爱情传奇的唐代社会所拥有的特殊性。即唐代社会所具有的儒教观念和以背离这一观念而衍发的思想，才使所谓的爱情类传奇这种新叙事方式得以形成。同时也可以联系到人们希望摆脱禁忌束缚的渴望。

本文准备从研究爱情类传奇的形成及唐代社会的特殊性出

发，而引发对这一问题的思考，并联系违反禁条的性爱文化①进行探讨。

二　唐代社会和性爱文化

人本身就对做违禁事情有着原始的欲望。更进一步，就算说禁条是为了让人们去违反而存在的也不为过。在人类社会的文化禁忌中，最根源的禁忌就是与"性"相关的内容。而且"性爱"描写也正是以希望违反禁条的欲望为出发点的。联系亚洲传统来讲"性爱"描写的话，它正是与儒教伦理道德相违背的，儒教伦理道德不仅有上下等级的区别，而且根据地位的不同，遵守不同的法规，是相当呆板而束缚人欲望的一种制度。在儒教思想中，被肯定的性伦理是被社会所认同的。它只限于所谓的用在劳动和生产过程中的性。存在于社会和国家的认可范围中，因此和"诱惑"这样的词搭不上边。"性"只有在违反"性"禁条时，才能构成"诱惑"。也只有在这一瞬间，才能够满足违反"性"禁条的原始欲望。按照这样的思路，可以发现唐朝虽然以严谨的伦理观念为外衣，但它仍充满了对禁条进行挑战的力量。而那巨大的相与挣脱的力量，与作为影响唐代文化的重要原因——道教有着深刻的联系。

---

① 性爱文化（Érotisme）：性爱文化的词源是从 Eros 中延伸出来的，意指男女之间感官的恋爱。Érotisme 是法语的表示方法，用英语则是 Eroticism，两者在意思上基本相同，从艺术、文学的角度，以描写爱情为目的，同时也表现了一些色情的氛围。但是与专门为引起性欲而写的 Pornography 完全属于不同的层次。本文遵循法语的表示方法 Érotisme。

受当时重视门第风俗的影响，发源于中国西部的唐王朝赋予自己的血统以神圣感，为保障建立王朝的正当性，奉老子为元祖。凭借和老子同姓——李姓的优势，自称是老子正统的继承者。正是依靠这种背景，唐代的道教在皇权的庇护下得到了巨大的发展。借此，道教文化顺理成章地融入整个唐代社会及文化，并发挥了极其重大的影响力。

道教理论与别的宗教相比，在对"性"的看法上有着明显的区别，那就是它所具有的理论实践体系。儒教对于"性"采取不言及的态度，或只限于讲夫妻之间的琴瑟之乐。而道教不仅肯定"性"，而且阐明通过对"性"的修炼，可以达到成仙的最高境界。道教的这种"性"修炼方法，被称为房中术。它遵循阴阳五行的原理，通过男女性交的持续而达到不死的境界。在唐代被编纂成的孙思邈的医书《千金要方·房中补益》中，对房中术有以下记载：

> 阴道发火，阳道法水，水能制火……凡精小则病，精尽则死，不可不思，不可不慎。数交而一泻，精气随长，不能使人虚。若不数交，交而即泻，则不得益。泻之精气自然深长，但迟微，不如数交接不泻之速也。[1]

还有同一时代的医书《医心方·至理篇》中，重点阐述了对于人来说，经历房中术的必要性：

> 爱精养神，服食众药，可得长生，然不知交接之道

---

[1] 刘达临编著《中国古代性文化》，宁夏人民出版社，1993，第566页。

者，虽服药无益也。男女相成，有天地相生也。天地得交接之道，故无终竟之限，人失交接之道，故又废折之渐。能避渐伤之事，而的阴阳之术，则不死之道也。①

就像上文所提到的那样，道教把房中术用天地阴阳之道来解释。这样就把世俗的人的身体一下子提高到了圣的范畴，这与唐代独特的性文化意识是相通的。除此之外，把人的身体和性，借以天地自然之道来把握的另一典籍著作要算是《天地阴阳交欢大乐赋》②了。在甘肃敦煌鸣沙山石室中发现的《天地阴阳交欢大乐赋》，是研究唐代性文化的重要资料。其中对人身体的成长和男女的性进行了详细的描写。据记载，传奇《李娃传》的作者白行简是此著作的作者，但是从白行简留下的文章及历史书中对他事迹的记载来看，并没有他对房中术有兴趣这样的记载。因此《天地阴阳大乐赋》真是白行简所作，抑或是别人假托他的名声而作，我们不得而知。但是与作者无关，这部书提到了《洞玄子》、《素女经》等唐以前的作品，所以很显然《天地阴阳交欢大乐赋》最早也应该是在唐代写成的。因此，此书中所反映的唐代性文化也是值得相信的。

《天地阴阳交欢大乐赋》以描写为主，运用赋的形式，对男女性交行为进行了详细的描写。从这个角度来讲，在唐以前的作品中，几乎找不到与之相媲美的著作。所以我们很容易看出唐代文化中色情方面的特点。

---

① 刘达临编著《中国古代性文化》，宁夏人民出版社，1993，第571页。
② 《天地阴阳交欢大乐赋》见周安托发行的《秘戏图大观》，金枫出版有限公司，1993，第267～290页。

就像《天地阴阳交欢大乐赋》所叙说的那样,唐代社会是容许人们对"性"表现自己的兴趣的。而且与别的封建王朝相比,在"性"方面拥有较为自由的氛围。而在这之中的女性,虽然受到很多限制,但容许参加社会活动。中国历史上空前绝后的女皇帝武则天,有知识的女道士阶层以及以北里为中心的妓女文化,作为唐朝独有的社会现象,更值得深入研究。

但是受儒教伦理道德的束缚,唐代女性不可能完全自由,即儒教是国家正式的统治理念,同时也是用来维持社会秩序的基本伦理纲领。而且在这样的社会氛围中,对女性强调所谓的贞节情操。比如:唐代正史《旧唐书·列女传》的序文中,就有强调女性贞节的记载:"至若失身贼庭,不污非议,临白刃而慷慨……虽在丈夫,恐难守节……末代风靡,聊播椒兰。"还如,同时代的一些文学作品极其美化女性贞节。其中沈既济的《任氏传》就对维护贞节的女性大加赞扬,文如:

> 嗟呼,亦物之情也有人焉!遇暴不失节,徇人以至死,虽今妇人,有不知者矣。[①]

但是国家只是考虑建立儒教社会秩序,完全不考虑社会效应,实际上并没有发挥什么作用。就传统的儒教立场来看的话,唐代强调女性贞节为德行。但事实上,据史料记载,对唐代女性来讲,守贞节只是那种能得到赞扬的行为,而并非必须遵循的。可以举出这样的证据,在唐代女性的再婚现象是

---

① 鲁迅校录《唐宋传奇集》,齐鲁书社,1997,第21页。

相当频繁的。而且不仅是一般女性，甚至是皇帝的女儿，也可以完全没有顾虑地再婚。唐代公主中，再嫁的人数达到25名，结过三次婚的公主就有3名。这就可以证明①：守贞节对唐代女性来说，并不是必须遵守的规范。而前面提到的《任氏传》正可以用来做反证：在当时，不守贞节的女子占多数。《任氏传》中连狐狸都能如此遵守节操，那么人就更应该遵守这样一个故事，来作为当时妇女普遍不遵守贞节这一世态的反面典型。

  联系儒教伦理观念所谓的贞节，进一步进行讨论的话，中国唯一的女皇帝武则天的存在，就是和儒教伦理观念针锋相对的。武则天原是太宗的才人，被高宗看中后，就做了他的皇后，以至于最后自己登基做了皇帝。还有前面所提及的玄宗和杨贵妃的关系，从儒教的立场来看这无疑是败坏门风的。但是在唐代的书籍和文学作品中，从这一角度谴责武则天和玄宗的文章几乎无法找到。所批判的只是武则天的恐怖政策和玄宗末年的荒废政业。以杨贵妃和玄宗爱情故事为内容的陈鸿的《长恨歌》中，也只是说到"亦欲惩尤物，窒乱阶，垂于将来者也"。而对于玄宗迷恋于已经成为儿媳的女子这件事，几乎没有批评的描写。相反，在《长恨歌》中，玄宗和杨贵妃的爱情经过文学性的修饰，得到了进一步的升华。玄宗唤来道士，寻找杨贵妃的灵魂，被描写成"深情"的人物。而杨贵妃则被描述成在仙界游历的仙女，使得我们不由自主地联想到天上的牛郎织女。原来只是单纯地违反禁条的爱情，却从肉体

---

① 董家遵：《从汉到宋寡妇再嫁习俗考》，载《中国妇女史论集》，稻乡出版社，1988，第139~164页。

心境层次的情爱被上升到了就算是死也不能忘记彼此的宗教层次的情爱。

　　从以上的讨论中,我们可以把唐代社会的情爱描写认为是产生于儒教的条条框框和触动人们去违反这些条框的道教力量之间。不仅如此,唐代社会的情爱文化是从道教文化中派生而来的。它们的共同点是:对人的身体有着浓厚的兴趣,对"性"进行肯定。两者相结合,创造了一种看待男女爱情故事的完全不同的新视角。与此同时,构造了这样一种背景:唐代士人①不断地创造以男女情爱为内容的作品,随之,乐于传看这些作品的专门读者群形成,然后,所谓的爱情类传奇的新文学形态出现了。

三　士人的欲望和对这种欲望的描写

　　西伯利亚北部原住民相信用巫术可以唤回死人的灵魂,而在施法的过程中,有一种异性相吸的原则。进一步说明的话,就是说存在着这样一种思考方式,即如想要达到灵魂附身的效果的话,男灵魂必须由女巫师来唤。这种巫师和神仙、灵魂的关系,到了后代变形为以男女爱情为主题的传说。初期,以女神仙和人间英雄抑或王的爱情形式出现,再后来,演变成凡人男子与女神仙的恋爱。举例来说,《穆天子传》中周穆王与西王母的传说、《高唐赋》中瑶姬和楚怀王之间的爱情、《洛神

---

① "士人"指唐代举士的阶层,即准备科举或考上科举的男性阶层。本文中"士人"与一般的"文人"不同。"文人"包括整个时代的受儒教教化的男性知识阶层。不过,"士人"注重"唐代"和"科举"这两个概念。

赋》中女神宓妃和魏王的轶事。这些例子正可以说是初期爱情叙事中人神恋爱的形态。再进一步解释的话，以人神恋爱为内容的叙事方式，是和魏晋时代的道教结合在一起的。其中的男主人公不是人间英雄或王族，而是信仰道教的男性或平凡的男性形象，而女主人公则不是女神，而是以女仙灵的形象出现。举志怪作品为例，《拾遗记》中挖药草的凡人与洞庭玉女的故事，《幽明录》中刘晨、阮肇和两位仙女的故事及《搜神记》中记述的董永和织女的故事。同时还可以联系别的一些作品，其中女主人公的身份比女神、仙女更低，以人与亡魂、妖怪的故事为内容。如《列异传》中谈生与睢阳王之女，《续齐谐记》中王敬伯、吴妙荣和鬼魂的恋爱，《述异记》中的董逸、《异苑》中的徐寂之的恋爱对象都是狐狸精。

但是这里值得关注的一点是，在神话和志怪中所写的爱情故事，只是描写了男女之间的交往，而并没有描写交往中出现的男女间的感情状态和感情行为。举例而言，收录于《列仙传》的"萧史"中，对男女交往有以下记载：

> 萧史者，秦穆公时人也。善吹箫，能致孔雀白鹤于庭。穆公有女，字弄玉，好之，公遂以女妻焉。日教弄玉作凤鸣……公为作凤台，夫妇止其上，不下数年，一旦皆随凤凰飞去。[①]

以上段落对于男女爱情故事只是按照简单的时间顺序进行了描写。对于性爱方面的表现丝毫没有提及，甚至连男女

---

① 李昉等：《列仙传》，载《太平广记》，中华书局，1994。

主人公之间的感情冲动,也只用"好之,公遂以女妻焉"一笔带过。但是到了唐代,这一状况有了很大的改变。也就是说,情爱故事不断创作并且当时士人乐于传阅。换言之,享受这种情爱故事的社会氛围赋予爱情叙事前所未有的特殊性。在那样的社会氛围中,作家不仅仅是描述爱情,而是在对爱情故事的描述中,寄托了自己的感情和渴望。或者是从美学的角度,对故事进行润色,从而使之变得更具趣味性。甚至把偏爱美女及男人对女性的渴望也添加于中。自唐代以来,之所以能够形成这样一种与前代完全不同的叙事方式,就是因为所谓士人的这个新社会阶层的出现,他们乐于阅读情爱故事,而且常常成为这些故事的主人公。他们才是爱情传奇的真正主体。

唐代的士人阶层由及第进士和准备参加科举考试的男性组成。与魏晋南北朝的门阀贵族相区别的是,他们具有很高的儒学修养,是通过实力选拔出来的。士人以进士科举为媒介,形成了一个相互联系的共同体,他们相互之间维持着相当亲密的裙带关系。在这样的关系中,士人常常是通过温卷和行卷的方式进入其中。据推断,传奇还是以行卷的方式在士人之间被运用。但是,它是否真的被利用为行卷,学术界还未有定说。从汉代开始,士人通过汉赋的形式,向当权者展示自己的才能。这种传统到唐代还是得到了延续。而唐代选拔人才的手段是以文取士,传奇结合了文才,以男女情事、神仙鬼怪故事为内容,容易得到权要的青睐。因此,它成为一种非常合适的手段。

抛开传奇是否被用作行卷这一问题,很多史籍都提到,士人常常聚在一起创作传奇,而且相互之间广泛传阅。特别是士人谈论传奇并不是在正式的工作场合，而是在宴会等私下的场合。他们通过传奇，做各种文字游戏。他们聚在一起，相互转述各自听到的新鲜故事，在此过程中进行讨论，发表自己的意见，还有人通过这些故事进行新的传奇创作。

建中二年，既济自左拾遗于金吴。将军裴冀，京兆少尹孙成，户部郎中崔需，右拾遗陆淳皆适居东南，自秦徂吴，水陆同道。时前拾遗朱放以旅游而随焉……书燕夜话，各征其异说。众君子闻任氏之事，共深叹骇，因请既济传旨，以志异云。①

从以上材料可以看出，在非正式场合和空余时间，传奇是士人这一特殊阶层乐于传阅的文学作品。在私交较好的前后辈士人之间，传奇可能是被用作进入仕途的手段。

关于士人阶层不可忽视的问题是：士人在哪里聚会？提到这一点，可以发现，作为士人私人聚会的场所，妓楼可以说起着相当微妙的作用。

唐代首都长安是当时的国际大城市，在那里可以看到各种外国文物，是值得炫耀的极度鼎盛时代。公署、店铺、旅馆、妓楼鳞次栉比，其中妓楼主要集中在长安平康里一带。而这些妓楼有高低级之分，即高级妓女所在的高级妓楼和低级妓女所在的低级妓楼。高级妓女从小接受诗乐等各种文化训练，苦练口才，而且在音律和酒令上也拥有杰出的素养。这些高级妓女在当时是非常特殊的女性集团，她们甚至可以进行一些受到社

---

① 鲁迅校录《任氏传》，载《唐宋传奇集》，齐鲁书社，1997，第21页。

会限制的社会活动。① 在唐代孙棨的笔记《北里志》中可以找到对当时妓女和妓楼的描写。

> 平康里。入北门，东回三曲，即诸妓所居之聚也。妓中有铮铮者，多在南曲、中曲。其循墙一曲，卑屑妓所居，颇为二曲轻斥之。其南曲，中曲门前通十字街，初登馆阁者，于此窃游焉……妓之母，多假母也。亦妓之衰退者为之……初教之歌令而责之，其赋甚急。微涉退怠，则鞭朴备至。皆冒假母姓，呼以女弟女兄为之行第。②

而且北里的妓女，对于这种从小修炼的素养，拥有很强的自豪感。她们顺理成章地和年轻士人交际，而且在高官大爵面前也敢于维护自己的自尊心和威严。

> 每南街保唐寺有讲席，多以月之八日，相牵率听焉……故保唐寺每三八日士子极多，盖有期于诸妓也。

> 北里之妓，则公卿举子，其自在一也。朝士金章者，始有参礼。大京兆但能制其舁夫，或可驻其去耳。③

---

① 关于唐代妓女的内容，参考董乃斌《唐帝国的精神文明》，中国社会科学出版社，1996，第 321~344 页。
② 孙棨：《海论三曲中事》，载《唐国史补等八种：北里志》，世界书局，1968。
③ 孙棨：《海论三曲中事》，载《唐国史补等八种：北里志》，世界书局，1968。

事实上，在唐代士人的生活中，宴会占据着很大的比重。特别是参加科举的士人们有很多应参加的正式宴会，而其中所谓的曲江宴是专为初次及第进士的士人所举行的宴会，皇帝也会出席。而科举的合格者要和考官们聚在一起进行谢恩的宴会，这也是相当正式的。举行这样的谢恩会时，通常是把主考官住居附近的一个妓楼租下来，摆设酒席。这样被租出去的妓楼在当时被称为"期集院"。除此之外，士人的大大小小的宴会在妓楼中举行的情形也很多，因此，唐代士人和妓女的爱情轶事即使被称为是在这宴会文化中派生出来的也不为过。

对于士人来说，妓女这一存在有着多层意义，她们不仅是自己文学创作的同伴，也是恋爱的对象。在宴会酒席上，妓女不仅擅长需要丰富知识的游戏行酒令等，而且具有惊人的文学素养。甚至在与士人交换诗歌的时候，到达了可以和诗的程度。在这种背景下，慢慢形成了士人和妓女共同的文化意识，在这样的氛围中，他们把彼此作为恋爱对象也是相当自然的事。而且在当时的社会，普及门第婚姻，不容许男女之间的自由恋爱，因此，士人就把自己对自由恋爱的渴望转移到了妓女的身上。爱情类传奇这种叙事形式的出现，与当时这种社会背景是分不开的。

对唐代爱情类传奇的主人公进行观察的话，会发现男主人公大多是以准备科举的或进京赶考的书生形象出现。而女主人公大多以妓女的身份出现。举例来说，《霍小玉传》、《李娃传》、《任氏传》、《孙恪》等就属于这种类型，故事的男主角李生、荥阳生、郑生和孙恪等正反映了当时士人的形象。从这种思路来看，爱情类传奇的形成与唐代士人对妓楼文化的体验是密不可分的说法也是成立的。再加上士人所体验的妓楼文化通常与女人、艳情相联系在一起，以至于出现了在前代志怪中找不到的浓艳的描写。而且从某种意义上讲，正是在这种状况下，唐代独有的性爱文化和妓楼文化成了爱情类传奇产生的背景。即从美的视角来看待女性，也使作者对男女爱情进行进一步的描写成为可能。

那么，和志怪相比较，唐爱情类传奇最突出的特征在作品中叙述了哪一种方式？对于这个问题，最合适的答案可在唐爱情类传奇初期作品张鷟的《游仙窟》中找到。《游仙窟》的大概内容是：主人公"我"接到皇命，远去执行公务，但在去的路中，到了一个叫"神仙窟"的地方，在那里和两位美女十娘和五嫂相遇，摆下酒宴，你侬我侬，产生了感情。从主人公与十娘、五嫂的相遇开始，到最后的分别为止，细致地描写了他们之间曲折的感情，其中充满了露骨的性事描写。

> 十娘笑曰："莫相弄！且取双六局来，共少府公赌酒。"仆答曰："下官不能赌酒，共娘子赌宿。"十娘问曰："若为赌宿？"余答曰："十娘输筹，则共下官卧一宿；下官输筹，则共娘子卧一宿。"十娘笑曰："汉骑驴则胡步行，胡步行则汉骑驴，总悉输他便点。"[①]

男女之间开那样程度的玩笑，在以往的爱情叙事中是没有

---

① 鲁迅校录《游仙窟》，载《唐宋传奇集》，齐鲁书社，1997，第258页。

被尝试过的。玩笑间,主人公与十娘、五嫂、侍女桂心妙趣横生地聚在一起。而受了皇命的主人公,却不久就与十娘共度良宵了。

> 然后自与十娘施绫帔,解罗裤,脱红衫,去绿袜。花容满目,香风裂鼻。心去无人制,情来不自禁。插手红裤,交脚翠被……摩挲髀子上。一啮一意快,一勒一心伤……少时眼花耳热,脉胀筋舒,始知难逢难见,可贵可重,俄顷中间,数回相接。①

此时,《游仙窟》中的主人公早就把受皇命的事忘于脑后,充分享受着这"越轨"的乐趣。这样的"越轨"行为早就已经超出儒教对于儒学官吏的禁条,而属于无拘无束的情色世界。而身处其中的主人公享受着"性"解放带来的快乐,达到了飘飘欲仙的境界。《游仙窟》中,主人公与十娘的情事记录,以另一种美的角度,运用骈骊体这种华丽的叙事手法,对身体进行了大胆的描写。这种对身体的关注和破格描写,是在唐传奇中发现的一种特征。在元稹的《莺莺传》中,写有一首"会真诗",在其中也能找到类似的段落。

> 无力慵移腕,多娇爱敛功。汗流珠点点,发乱绿葱葱,方喜千年会,俄文午夜穷。②

---

① 鲁迅校录《游仙窟》,载《唐宋传奇集》,齐鲁书社,1997,第265页。
② 鲁迅校录《莺莺传》,载《唐宋传奇集》,齐鲁书社,1997,第89页。

除《莺莺传》以外，在《任氏传》、《霍小玉传》、《周秦行记》等传奇中，关于男女性事交合的描写，都有类似的记载。这些爱情类传奇的共同点是：在媒婆做媒之前、父母同意之前男女爱情关系已经得到确立。如《莺莺传》中的张生和莺莺早在媒婆做媒、父母同意之前就结识了，《任氏传》中的郑生和任氏则只是在路上偶遇相识，就开始了恋爱。还有《霍小玉传》中的李生和霍小玉也不是经过正式的过程而相互交往的。同时，《周秦行记》中的主人公也只是在偶然停留的一户人家里，发生了突如其来的爱情。也正是这种男女之间的野合，使得唐爱情类传奇变成一种具有诱惑力的叙事题材，恰到好处地满足了人们对于违反禁条、向往自由情爱生活的渴望。

但是爱情类传奇想要满足士人在情爱方面的渴望，必须有这几个前提条件。众所周知，唐代士人基本上都是在儒教背景下成长的儒教弟子，对于与儒教宗法制度相违背的男女之间的自由恋爱，毫无顾忌地书写或是传阅，是有可能受到谴责的。在这样的背景下，如果既想满足自己的欲望，又不想在制度上成为受谴责的对象的话，则需要一些条件，找到了这样一种方式：用社会所能容忍的叙事方式尽情地宣泄自己的欲望。从这点出发，士人选择了幻想的叙事方式，即爱情传奇中描写的对象不是一般的女性，而是神女、仙女、狐狸精、猴子精等，那么就算故事内容多煽情，也没有被批判的把柄了。同时，唐代社会，士人与妓女的恋爱在现实社会中是无可争辩的事实，所以即使写与妓女的爱情故事也是不受批判的。

四　结尾

　　我们可以说，唐代爱情类传奇是经由作者和读者对出轨拥有的欲望而产生的。与别的朝代不同的是，唐代爱情类传奇独特的文学特性为这些出轨行动提供了条件。还有一点，爱情类传奇作为特权阶层享有的特殊文学形式，与妓楼文化有着很深的联系。这种联系不仅扩展了传奇的题材，而且丰富了传奇的表达方式，并且使得爱情故事中的女主人公开始扮演起更重要的角色。这些传奇中的女主人公，和男主人公一样，追求与以往完全不同的情爱形态，正面地表示自己的渴望。只是，由于传奇的作者通常都是男性，因此以男性的视角对女性、爱情故事进行描写时难免带有偏见，字里行间洋溢着很强的男性色彩。但是本文中，对女主人公不再作什么讨论，而作为下一个课题的主题。但，女性问题在后续论文中继续讨论。

　　原文发表于中国社会科学院文学研究所、中国古代小说研究中心编《中国古代小说研究》，人民文学出版社，2008，第三辑，收入本书有所修改。

欲望和意识形态
——通过传奇来看唐代男性的欲望

一　唐代传奇与权力的叙事

　　写文章是欲望的另一种形式。"文如其人"是指文章风格与其人的性格或者其做事的风格一致。但是所谓个人的欲望并不仅仅是某个人的欲望。个人所属的集团及社会的权力使其产生了欲望，在这样的欲望中个人才存在。这好像所有人的欲望与个人的欲望一样。因此，一个人的文章不仅反映了其自身的欲望，同时也反映了与那个时代相协调的整体欲望。从这个角度来看，本文要讨论的唐代传奇就是反映唐代的欲望叙事。并且在此所讲的唐代的欲望就是唐代社会统治阶级男性的欲望。因为传奇的作者和读者是少数统治阶级的男性。换句话说，传奇是唐代统治阶级男性的叙事文体。

　　那么传奇到底是由什么叙事方式构成的呢？为什么会成为统治阶级男性的叙事？并且统治阶级男性想通过传奇表达什么呢？围绕这些问题，本文将以爱情类传奇为中心考察一下唐代传奇所反映的男女的爱情意识,在讨论这些问题之前我们先来看一下唐代传奇的成立及其特征。

(一) 唐代传奇的特征及范畴

对于唐代新的叙事形式传奇,早先中国学者就有极大的兴趣。其中明代胡应麟在他的《少室山房笔丛》中是这样记述的:

> 凡变异之谈,盛于六朝,然多是传录舛讹,未必尽幻设语。至唐人乃作意好奇。假小说以寄笔端。①

胡应麟的这段话表明了与六朝的志怪有明显差异的唐代传奇的特征——作意好奇。但是胡应麟称之为传奇的这种叙事文体的名称并非是在它所产生的时代——唐代而被称为传奇的。

关于传奇的名称议论纷纷。其中具有代表性的学说有以下几种。一种学说认为唐代裴铏的小说集的名字是《传奇》,因为此类小说很受欢迎,所以其题目被一般名词化。另外也有人认为因为元稹的《莺莺传》的原名为传奇,所以与其内容、形式相类似的叙事作品通称为传奇。② 总之,传奇产生于唐代,并运用与志怪不同的记叙方式将以前的叙事文体所不能涉及的多种素材以更精练的文体表达出来。那么,像这样的

---

① 胡应麟:《少室山房笔丛·二酉缀遗中》。
② 除此之外,关于传奇名称的议论很多。传奇不仅被提及为宋代"说话四家"中的小说家之一,而且明代也把戏曲称为传奇。

传奇是以怎样的范畴来分类的呢？从大的方面可根据时代的范畴和内容的范畴来对传奇进行划分。根据近期有关在韩国研究唐代传奇的著作《唐代小说研究》[①]，按时代可分为初期（619~762）、中期（763~859）、晚期（860~907）三个时期，其中中期的作品根据内容分为志怪类、爱情类、道家、幻梦类、侠义类及其他类。晚期作品可分为爱情类、侠义类、道佛类。在本文中时代范畴按照《唐代小说研究》的分类，内容范畴与时期无关，分为志怪类、爱情类、幻梦类、侠义类，其中对爱情类传奇进行专门的论述。《唐代小说研究》中提到的属于爱情类传奇的作品中，本文选择了与本文主旨相符的八篇进行论述，即《离魂记》、《任氏传》、《李娃传》、《莺莺传》、《霍小玉传》、《长恨歌传》、《杨娼传》、《步飞烟》。

（二）唐代传奇权力叙事的特点

要论述传奇创作的目的，以形式上的特征，首先要论述它与行卷的关系。所谓行卷是与唐代科考[②]相结合而出现的现象，读书人为了在科举和仕途中占优势，在科举考试之前事先把自己的诗文呈递给考官和当时的权要。[③] 唐代的考试制度规定，可以看着考生的名字阅卷，并且考官有人才选拔的所有权

[①] 全寅初：《唐代小说研究》，首尔：延士大学校出版部，2000，第105页。

[②] 关于唐代的入仕制度和入仕方法的具体内容可以参考俞炳甲《唐代的入仕观及小说表现》，《中国小说论丛》，首尔：1994，No. III。

[③] 有关唐代行卷，本文参考了河元洙的论文《关于唐代的进士科及士人的研究》，国立首尔大学大学院东洋史学科博士论文，1995。

力，士人为了让考官知道自己的名字和才能只有认真创作。他们为了让主司知道自己的才华，采取的方式主要是诗、赋、文等形式。有时士人使用传奇来代替诗、赋、文来行卷①。传奇不仅可以融三者于一体，而且比起其他文章来它的故事本身能够引起读者的兴趣，在记述内容的同时也能显示出作者的文才。因此，唐代行卷之风的盛行很自然地成为传奇的创作动机。关于传奇的创作动机和行卷的关系，鲁迅是这样说的：

> 到开元、天宝以后渐渐对于诗，有些厌气了，于是就有人把小说也放在行卷里，而且竟也可以得名。所以从前不满意小说的，到此时也多做起小说来，因之传奇小说，就极盛一时了。②

但是，只是依据鲁迅的这段话来判断行卷与唐代传奇的创作直接相关这种说法，目前仍然存在着不少异议。否认行卷与传奇创作的学者们举了赵彦卫的《云麓漫钞》③ 中提到的《玄

---

① 关于行卷的名称仔细地说把应试之卷交给考官的叫纳卷，把自己的得意之作给知名人士看的叫行卷，并且提交了行卷几天后再投卷另外的作品叫温卷。关于这样的行卷的名称可以参照侯忠义、刘世林《中国文言小说史稿》上册，北京大学出版社，1994，第204页。

② 鲁迅在《中国小说史略》的《中国小说的历史的变迁》中关于行卷从以诗为主变为以传奇为主的原因是这样说明的。《鲁迅全集》卷8，人民出版社，1986，第326页。

③ 赵彦卫：《云麓漫钞》，中华书局，1958：" 唐之举人，先籍堂世显人，以姓名达之主司，然后以所业投献，逾数日又投，谓之温卷，如幽怪录，传奇等皆是也。盖此等文备众体，可以见史才诗笔议论。"

怪录》和《传奇》为例，主张传奇和行卷没有关系。他们以《玄怪录》的作者牛僧孺把自己的诗呈给韩愈和皇甫湜看从而得到认证的记录①作为证据，即牛僧孺把诗而不是传奇作为行卷，并且认为《传奇》的作者裴铏因为没有中进士，所以认为他的作品《传奇》是行卷的主张也是不妥当的。这些学者的主张当然有道理。但是笔者认为"传奇都是以行卷为目的而作"的主张虽然有些勉强，"传奇中有的是以行卷，特别是非正式投卷的性格而写的"这种主张可以成立。据韩国学者河元洙的博士论文《关于唐代的进士科与士人的研究》②，原来上交给公卿的叫行卷，提交给知贡举的叫省卷，其中省卷与纳卷相似，因为是正式的投卷行为所以又叫公卷。但是这种省卷因为被作为决定科举中榜与落榜的公认的参考事项，它的形式只限于诗、赋、文等，与之相比行卷由于是非正式的习俗，在形式上比省卷更自由。因此本文认为传奇不用于正式的纳卷、省卷、公卷，而用于非正式的行卷。所以《玄怪录》、《传奇》严格地讲不能排除是非正式的行卷的可能性。

　　传奇的又一重要特征，它是在一定集团中互相传阅的一种叙事文体。也就是说，传奇不是为了自我满足而创作的只供自己欣赏的叙事文体，而是为了给很多人看并得到他们共鸣的叙事文体。我们可以找到很多可以证明传奇是在一定集团中创作并在其中形成公论的证据。下面有关《李娃传》的这段话就是很好的例子。

---

① 王定保：《唐摭言》，上海：上海古籍出版社，1978，第63页、第75~76页。

② 河元洙：《关于唐代进士科与士人的研究》，国立首尔大学东洋史学科博士论文，1995，第173~174页。

贞元中，予与陇西公佐话妇人操烈之品格，因逐述汧国之事。公佐拊掌竦听，命予为传。乃握管濡翰，疏而存之。①

除此之外，《庐江冯媪传》、《任氏传》、《长恨歌传》、《异梦录》等都可以证明传奇是很多士人聚在一起而创作的。根据这一点来看，传奇这种叙事文体中存在着并反映了有类似想法及有相同地位的人的思想和欲望。但是在这里我们不能忽略这些作家创作的传奇与我们前边论述的行卷有关系的这个事实。也就是说，传奇的创作层的共有欲望和思考形态与传奇的读者层的欲望相一致，而读者层中当然也包括唐代的权力阶层。对于行卷，说得再直接一点的话，也可以看做请求的人以迎合上面的人的趣味为目的而做的文章。那么请求的人当然不会让自己的思考方式看上去与上面的人有大的出入，并且会尽量使自己的兴趣与上面人的一致，像这样的过程在整个士人群体中多次反复，并且随着传阅行为的不断反复，以科举考试为媒介的唐代的权力阶层和准权力阶层之间产生了一种文化共同体意识。所以他们共有的欲望和思考形态反映在传奇中也就不言而喻了。

现在本文将要把传奇规定为投射唐代的权力阶层整体欲望的"权力叙事"。② 换句话说，传奇是唐代士人表达他们内心

---

① 鲁迅校录《李娃传》，载《唐宋传奇集》，齐鲁书社，1997，第69页。
② 笔者认为传奇的叙事方式不仅存在于唐代这一个时代，以后一直形成了传奇体的宗谱。但是将传奇作为行卷来写的时代只局限于唐代这一个时代，在别的时代它没有起到"权力叙事"的作用。

欲望的载体，即可以体现知识①的叙事文体。这里所说的"权力叙事"不仅是政治社会意义上的权力，还指由适合那个时代的构成知识的关系的力量而产生的叙事。②因为在传奇中唐代权力阶层的知识是根据他们对知识的包含和排除的原则来构成的。

那么，从这个角度就可以让我们想到传奇的作者和读者是通过何种方式在传奇中使他们的知识得到反映的。传奇这种叙事文体在有意识地运用虚构的同时，在叙事技巧方面沿袭了历代史传的传统。所以在传奇的结尾部分就像司马迁的《史记》那样加上带有作者的评论。这样的传奇的议论文与《史记》中的"太史公曰"，刘向《列女传》的"君子曰"等形式类似，对此有些学者认为是"赘语"，即没有意义的累赘的话。但是本文的观点是，正是这些议论更好地体现了传奇的"权力叙事"的特征。即在议论中传奇作者的意图反而比在正文中体现得更鲜明，作者本人的主观感情表达得更淋漓尽致，并且传奇的作者通过议论赋予传奇以正当性。因此这种议论在传奇的作者和读者之间起到了表达他们公认的和公有的思想以及情感的作用。也可以更进一步地说，有关唐代社会现象的知识和真理在议论文当中得到了反映。

---

① 本文中使用的"知识"这个词根据福柯（Foucault）的概念，是由话与事物，即谈论与实在存在的事实构成的。因此本文中"知识"的意思是指唐代士人试图通过传奇这种叙事文体体现他们的思考方式及欲望等。

② 米歇尔·福柯（Michael Foucault）把权力假定为不是联想到持有权力的实体而是和权力联系的概念，并且认为权力不是有意识的而是无意识的，谁能成为权力的主体谁就决定那个时代的真理和知识。关于权力、知识参照米歇尔·福柯（Michael Foucault）《性的历史》，李奎铉译首尔：罗南，1994。

这样的议论文的另一个特征就是让传奇的读者认为传奇中虚构的因素很接近于现实或是作为现实来接受。像这样的议论文的特征与现代叙事技巧中的元叙事（meta-fiction）技巧[①]也有关系。正如 fiction 的词头"meta"在语言的非文学的使用方面被发现的所指现象一样，传奇的议论文部分在进入传奇的正文之前或进入正文之后的情况下使用，并且把在议论文中传奇的作者要表达的意图更完美地包装起来以使传奇的读者可以形成共鸣，同时这种共鸣成为唐代社会权力阶层的基础知识。

那么作为"权力叙事"的唐代传奇想要表达的所谓知识是什么呢？构成那些知识的背景究竟是什么呢？对于这些问题我们将在下一部分结合爱情类传奇的特征进行分析。

二　传奇中所反映的欲望

如前所述，传奇是反映唐代士人共有的感情的叙事文体，同时也起到一种唐代的"权力叙事"的作用。但是在研究这种"权力叙事"的特征的过程中，本文为什么偏偏要注目爱情类传奇呢？原因就在于权力和女性。

1. 权力与女性的问题

唐高祖武德四年（621），隋朝的进士科被回复后，为了牵制山东的旧贵族集团与唐朝统治者的目的相衔接，进士科的地位大大提高了。加之寒门出身的士人因为只有通过进士科才能被起用，所以进士科的竞争相当激烈。当时的士人希望考上

[①] 有关 mata-fiction 请参照金文铉译《小说理论的历史：从 romance 到 meta-ficition》，首尔：现代小说社，1992，第 260～261 页。

进士科的记录在唐代的史料和笔记中处处可见。其中进士科出身的王定保在《唐摭言》中把考进士科的难度与明经科相比说，"三十老明经，五十少进士"①。孙棨的《北里志》中有关唐代妓女逸话的叙述中介绍了为考上进士的人在曲江亭里开豪华奢侈的宴会，以及把他们的名字贴在长安的慈恩寺塔上的习俗。刘𬤝的《隋唐嘉话》中有高宗时的薛元超因为没考上进士科而成为终身遗憾的记录。

> 薛中书元超谓所亲曰："吾不才，富贵过分，然平生有三恨，始不以进士擢第，不得娶五姓女，不得修国史。"②

从薛元超的这段话中可以得知，就连位居中书令③这样的高官也憧憬进士科。可是，在此要注意的一点是薛元超所提到的"五姓女"。

在唐代，有五个有名望的家族，即陇西和赵郡的李氏、太原的王氏、博陵和清河的崔氏、范阳的卢氏、荥阳的郑氏。④这五个家族不仅在政治上属于最高阶层，而且家族中中进士的人也很多。因为如果年轻的士人与这五个家族的女儿结婚的话

---

① 王定保：《唐摭言》卷一《散序进士》，世界书局，1975，卷1，第3页。
② 刘𬤝：《隋唐嘉话》，中华书局，1979，卷中。
③ 中书省的长官，相当于宰相。
④ 除此之外，渊源较深的门第还有关中地方的裴、薛氏，伐北地方的长孙、宇文氏，东南地方的张氏等。请参照董乃斌《唐帝国的精神文明》，中国社会科学出版社，1996，第359页。

不但及第后能保证显达，而且可以以唐代优秀家门的一员自居。在《酉阳杂俎》中充满了对通过婚姻来飞黄腾达的讽刺。

明皇封禅泰山，张说为封禅使。说女婿郑镒，本九品官。旧例封禅后，自三公以下皆迁转一级，唯郑镒因说骤迁五品，兼赐绯服。因大酺次，玄宗见镒官位腾跃，怪而问之，镒无词以对，黄幡绰曰："此乃泰山之力也。"①

泰山既指封禅之场所，并且自很早以来也用来指丈人。因此这里所说的"泰山之力"是讽刺郑镒因为找了个好丈人，依靠丈人一下子成了高官。从这些内容可以推测对唐代士人来说婚姻是与男性的显达息息相关的。反过来可以推出唐代的男性要想显达的话就要以婚姻关系为基础。

那么对唐代的男性来说女性意味着什么呢？与为了显达的欲望相结合唐代男性对女性的欲望是以何种方式表现出来的呢？

结合女性的地位来看，唐朝可以说是女性文化比较自由的时期。政治方面出现了中国唯一的女皇帝武则天，受唐代国教道教以及成为唐人生活一部分的佛教的影响，唐代女性的禁忌事项比别的时期少得多。譬如，关于女性的再婚问题的规定也不是很严格。唐代公主中有过再嫁经历的达 25 人，甚至结过 3 次婚的公主有 3 人，历史事实证明女人必须归属于一个男人的意识形态没有起多大作用。② 但是，不仅没有媒人介绍的男

---

① 段成式：《酉阳杂俎》，汉京文化事业有限公司，1983，前集卷 12。
② 董家遵：《中国妇女史论集》的《从汉到宋寡妇再嫁习俗考》，稻香出版社，1988。

女间的恋爱婚姻是不允许的，而且男女间的婚前关系也是受人唾弃的。并且作为国家的统治原理，受得到强化的儒教伦理的影响，不断地把女性的贞节作为一种美德来灌输。在这种情况下男女间的自由恋爱及通过自由恋爱的结合是不正常的行为，遭到社会上的议论是理所当然的。那么唐代士人为了自己在社会上的显达必须要放弃的对恋爱的欲望是通过何种方式解除的呢？难道真的没有一种形式既能够解决憧憬与美丽的女性恋爱的欲望和渴求又能得到社会的允许吗？

要想使社会上禁止的欲望合法化需要步骤。这样的步骤属于社会上允许的部分。即要想使唐代男性对恋爱的欲望合法化必须要经过社会上允许的叙事。在社会上得到认证的叙事中被禁止的欲望可以毫无顾忌地释放出来，并且不会受到任何人的指责。反而那样的行为从娱乐的角度看可以一起享受并形成共鸣。虽然不能叙述与他们自己所属阶层的女性之间的恋爱故事，但如果写与神女、仙女、妓女之间的恋爱故事的话不但没有什么不允许的，而且可以毫不勉强地解除作者和读者的欲望。结果就在此，作为行卷的爱情类传奇更能发挥它的作用。唐代士人即属于权力阶层的男性，传奇的作者通过传奇这种叙事方式可以追求社会上的显达及自由恋爱这两种欲望。

2. 议论文中反映的女性观

那么唐代士人有着什么样的女性观，他们的女性观在唐代社会中又有何意义呢？关于这一点通过对爱情类传奇作品的讨论可以轻而易举地得出。正如前面所说的那样，传奇的议论文部分把作家的主观评价反映得淋漓尽致。因此，在男女爱情的传奇作品的议论文部分反映了唐代男性即唐代士人的女性观这一点也就不言而喻了。

唐代社会对女性有双重标准，这一点本文已经提到过。即唐代社会允许女皇帝出现，女性的再婚也甚为频繁，但在这些自由的属性的反面又禁止男女自由恋爱，赞扬守节的女性①。唐代的士人也是如此，他们无论结婚与否都从本质上肯定并憧憬自由恋爱，可是却不能肯定与通过自由恋爱而形成关系的女性的婚姻。不仅如此，唐代士人还要求女性守贞节。

贞节是唐代士人对女性要求的品德中最核心的品德。无论女性的身份是妓女、妾还是贵族，贞节这一品德一直都非常重要。例如《任氏传》、《杨娟传》、《李娃传》的议论文中都一致充满了对守节女主人公的称赞。其中《任氏传》议论中的叙述如下：

嗟乎，异物之情也有人焉！遇暴不失节，徇人以至死，虽今妇人，有不知者矣。②

作者沈既济把女性设定为狐狸，首先避开了社会上的禁忌，然后尽情地叙述了与女性的恋爱故事，最后严肃地说"女性应该守节，连狐狸都守节，何况人呢！"沈既济在狐狸任氏与郑生的自由恋爱行为中既写入了自己的欲望又不忘自己的士人身份，以贞节这种品德来给女性作了规范。正如这种双重面貌，即一边强调儒教伦理的品德贞节，一边追求社会上禁止的自由恋爱的情况，体现了唐代士人心理上的矛盾

---

① 唐代编纂的《隋书》中的《列女传》以及《旧唐书》中的《列女传》都积极赞美守节的女性。像这样的现象在《隋书》以前的正史中并没有出现，因此可以说是到了唐代新塑造的意识形态。

② 鲁迅校录《任氏传》，载《唐宋传奇集》，齐鲁书社，1997。

状态。

唐代士人对女性的贞节的态度在另一部传奇作品《杨娼传》中也有所体现。妓女杨娼在爱自己的节度使死后收起他的牌位跟随他赴了黄泉。《杨娼传》的作者对杨娼选择了极端贞节的表现——殉死这一点在议论文中评价如下：

夫娼，以色事人者也。非其利则不合矣。而杨娼能报帅以死，义也。①

《任氏传》和《杨娼传》中所体现的是唐代士人对美丽且守节的女子的羡慕。同时，他们又渴望不妨碍男性显达的女性。其实包含了如果女性向男性要求结婚或者任性地不让男性离开自己的话就不是好女人的意思。这些条件正好符合唐代男性要求的女性，即又美丽又守节而且不向男性要求婚姻的女性，李娃就是个很好的例子。

身为妓女的李娃与荥阳公的儿子产生了感情。但是当荥阳公的儿子所有的财物都消失殆尽后，李娃和她的鸨母合伙把他抛弃使他沦为乞丐。但是迂回曲折的尽头李娃与他再次相遇，李娃悔悟过去的错误照顾荥阳公的儿子并使他科举及第。但是就在这时，李娃对荥阳公的儿子说让他抛弃自己离开她。

今之复子本躯，某不相负也……君当结媛鼎族，以奉

---

① 鲁迅校录《杨娼传》，载《唐宋传奇集》，齐鲁书社，1997，第110页。

蒸尝。中外结媾，无自黩也。勉思自爱。某从此去矣。①

李娃虽然照顾荥阳公的儿子并使他取得了成功，但并不坚持自己的主张。② 与李娃相比，《霍小玉传》的女主人公霍小玉却截然相反。小玉不像李娃那样为了自己爱的男人的前途让他抛弃自己，而是提出自己的要求。

妾年始十八，君才二十有二，迨君壮室之秋，犹有八岁。一生欢爱，愿毕此期。然后妙选高门，以谐秦晋，亦未为晚。③

面对延长在一起的日子并推迟婚姻的霍小玉，李生对爱情发誓并承诺一定会回来找小玉。但是与霍小玉分开后李生挡不住家庭的压力，没能遵守与小玉的约定和另一名门闺秀结了婚。结果霍小玉抱着埋怨李生的心结束了自己的生命，李生的性格从那以后变得十分怪僻，过着不幸的婚姻生活。《霍小玉传》虽不是有议论文的传奇作品，但字里行间包含的意义使读者认为李生不幸的婚姻生活是霍小玉的原因。与此相比，《李娃传》的结局如何呢？李娃在所有人的祝福中与荥阳公的儿子正式行了六礼结了婚，婚后受到公婆的宠爱，并且生了四个儿子，把他们培养成了高官，自己也被称

---

① 鲁迅校录《李娃传》，载《唐宋传奇集》，齐鲁书社，1997，第69页。
② 俞炳甲：《唐人小说所表现之伦理思想研究》，台湾政治大学中国文学研究所博士论文，1993，第73页对其与唐代的重视门第倾向相结合进行了论述。
③ 鲁迅校录《霍小玉传》，载《唐宋传奇集》，齐鲁书社，1997。

为汧国夫人。对《李娃传》的作者白行简在议论文中对李娃的行为赞不绝口。"嗟乎！倡荡之姬，节行如是，虽古先烈女，不能逾也。焉得不为之叹息哉！"实际上，在唐代社会妓女出身的女性与名门贵族的儿子正式结婚并被封为汧国夫人是几乎不可能的。但是读《李娃传》的多数唐代男性不管现实情况，对为了一个男人尽了全力却不张扬自己的李娃表示称赞，并认为她被封为汧国夫人是理所当然的。他们将李娃与霍小玉做对比，从而更确认了他们所应该追求的女性形象。从中可以看出，从遇到了好女人所有的一切进展都很顺利的荥阳公的儿子和没有遇到好女人，女人死了，自己也没有好下场的李生身上，唐代士人对女性的认知很自然地就形成了。

正如前文所述，为了避免现实的检阅，唐代传奇中女主人公的身份被设定为妓女、妾或者仙女。但是传奇作品中意外地有女主人公的身份是贵族的女性，即与士人阶层相同的情况。①《莺莺传》就是这种情况，莺莺和张生的爱情故事把唐代社会自由恋爱所具有的意义原封不动地反映了出来。

《莺莺传》的故事情节的发展表明女主人公莺莺的行为分明是矛盾的。刚开始莺莺根本不理睬在宴会上遇到的张生，后来却又对张生写给她的春词作了答诗给他。但是收到答诗的张生来找莺莺，她却又以非常严肃的表情责备张生的行为。

---

① 中国学者陈寅恪先生主张莺莺的身份不是贵族女性而是妓女。他认为，《莺莺传》的另一名称为《会真记》，题目中的"真"字在唐代社会是指仙女或者妓女的意思，所以莺莺原本是妓女。但是本文将女主人公莺莺和男主人公张生的爱情行为与当时的社会伦理状况相联系进行分析，认为莺莺系贵族出身的女性。

几天后莺莺又直接找到张生住的地方，从那以后莺莺与张生继续见面并培养彼此之间的爱情。但是没多久张生去参加科举考试，莺莺与张生离别。这时的他们对未来没有什么约定，只是很悲伤地分开了。后来莺莺与别的男人结了婚，张生也娶了妻子。一次张生偶然路过莺莺所在的地方以亲戚的身份试图与莺莺见面，可是莺莺拒绝与他见面，以后他们就彼此毫无联系。

那么对莺莺的态度我们会产生几点疑问。张生与莺莺明明相爱却为何不结婚呢？为什么一开始莺莺要责备来找她的张生呢？这不但与莺莺和张生的个人心理有关，更重要的是与唐代社会的伦理规范和婚姻文化有关。

本文曾提到，唐代社会的男性要通过科举及第与婚姻来提高自己的地位，在那样的社会状况中，《莺莺传》中的张生只是个不具备这两个条件的年轻士人。但是年轻的士人张生在没有举行婚礼之前与既不是妓女也不是妾的良家闺秀产生了爱情，这对张生的前途来说是个很大的污点。再加上如果以后与产生爱情的这个良家闺秀结婚使她成为正式夫人的话，这不但与当时的婚姻伦理背道而驰，而且对想要飞黄腾达的张生的前途毫无帮助。与这种唐代社会的婚姻伦理相关联，《礼记·内则》第12中有这样一条"聘则为妻，奔则为妾"。这条当中所谓的"聘"是指通过媒婆行六礼的方式娶妻。这样的"聘"的顺序在前面举的《李娃传》的例子中也一样适用。即虽然李娃与荥阳公的儿子同居并有了事实婚姻但后来正式结婚的时候是请了媒婆行了六礼才完成了婚礼。因为没有"聘"的男女恋爱在社会上不能得到认证。开始张生迫切想见莺莺时红娘问"何不因其德而求娶焉？"张生答："若因媒氏而娶，纳采问名，则三数月间，索我于枯鱼之肆矣。"① 产生欲望的这个瞬间，想见对方的这种冲动不仅是张生而是人的基本欲望。但是无视步骤、欲望在先的张生的行为成了"过失"，结果张生要"补过"就不能与莺莺结婚。② 莺莺也清楚地知道她处于不能向张生要求婚姻的立场。莺莺在与张生分手后给张生的信中有这样一段告白：

> 儿女之心，不能自固，君子有援琴之挑，鄙人无投梭之拒……致有自献之羞，不复明侍巾帻。③

莺莺非常了解自己的底限，作为贵族出身的女性不想做张生的妾。所以她与张生分手后成为别的男人的正式夫人。后来张生要见她时她拒绝了那种苟且的见面。如果莺莺是妓女的话，他们就没有什么理由不能结合。正像《莺莺传》的开头部分那样，一开始莺莺也不会不理睬张生，结果即使自己不去找张生，也不会冷酷无情地赶走来找她的张生。但是因为莺莺不是妓女所以她的行为只能看起来有一连串的矛盾。莺莺的这些矛盾状况其实代表了唐代贵族女性的实际情况，并且成了唐代士人只能对通过自由恋爱而结合产生欲望的理由。

像莺莺与张生那样发生婚前爱情行为的事，即"私奔"行为在唐代社会是不允许的。《莺莺传》的作者元稹也在最后

---

① 鲁迅校录《莺莺传》，载《唐宋传奇集》，齐鲁书社，1997，第 86 页。
② 《莺莺传》的议论文部分中有这样的一句话："时人多许张为善补过者。"
③ 鲁迅校录《莺莺传》，载《唐宋传奇集》，齐鲁书社，1997，第 88 页。

的议论文部分严肃地告诫唐代的士人要以张生为鉴不要"私奔"。① 但是唐代的士人仍然隐约地有"私奔"的欲望。所以以"私奔"为主题的叙述像《离魂记》中描述的那样，以《离魂记》的女主人公倩娘的灵魂和肉体分离的幻想性因素，对"私奔"的禁忌做了包装。但是在《离魂记》中认为这样的事是不正当的，为此而保密只有亲戚才知道。②

那么不被社会容纳的"私奔"的责任由谁来承担呢？通过对唐代传奇的分析，"私奔"的行为一开始发生的时候主要是以男性为主进行的，但是最终"私奔"的责任还是由女性来承担。并且"私奔"行为中虽然男女都介入了，但不仅道德上的责任由女性来承担，实际上的追究也是女性要承担的部分。对这种"私奔"的责任的认识与"女人是妖物"、"女人是祸水"的思考方式也有关。下面《莺莺传》中张生对元稹说的内容就是一个很好的例子。

"大凡天之地所命尤物也，不妖其身，必妖于人。使崔氏子遇合富贵，乘宠娇，不为云，不为雨，为蛟为螭，吾不知其变化矣。昔殷之辛，周之幽，据百万之国，其势甚厚。然而一女子败之。"……于时坐者皆为深叹。③

根据张生的这段话可知，因为美人莺莺对自己来说其实是

---

① 鲁迅校录《莺莺传》，"予尝于朋友会之中，往往及此意者，夫使知者不为，为之者不惑。"
② 鲁迅校录《离魂记》，"其家以事不正，秘之。惟亲戚间有潜知之者。"
③ 鲁迅校录《莺莺传》，载《唐宋传奇集》，齐鲁书社，1997，第90页。

灾祸，所以只能选择"私奔"，而且对于莺莺自身引起的不同变化状况，张生自己也不可能有事先的预料。不仅如此，拿莺莺与使殷和周灭亡的女人妲己、褒姒相比，把与自己相关的"私奔"的责任推卸到莺莺身上。并且对张生这样的话，听这个故事的男性，即士人都对此形成了共鸣，特别是使他们提高了对美女的警惕。

像《莺莺传》中一边追求自由恋爱一边又要求女性贞节的唐代男性的女性观在别的传奇作品中也有所体现。其中《长恨歌传》在叙述玄宗与杨贵妃爱情故事的同时，在议论文部分写道"意者不但感其事，亦欲惩尤物，窒乱阶，垂于将来者也"，并且把过失的责任转嫁女性身上。[1] 在《三水小牍·步飞烟》中描写了武公业的妾步飞烟与赵远的"私奔"行为，"私奔"的责任完全由步飞烟来承担。《步飞烟》的内容一开始是赵远看上了武公业的妾步飞烟的容貌就把表达爱慕之情的诗给了飞烟。飞烟接受了赵远的爱情，然后他们背地里多次见面并培养了他们的爱情。可是后来他们被飞烟的主人武公业发现，步飞烟被武公业毒打致死。

但是这个故事中与飞烟"私奔"的赵远却没有受到任何惩罚。《步飞烟》的议论文中对赵远的行为的对错没有丝毫评论，只对飞烟做了如下评论：

> 噫！艳冶之貌，则代有之矣。洁朗之操，则人鲜闻乎……女炫色则情私……飞烟之罪，虽不可逭，察其

---

[1] 鲁迅校录《长恨歌传》，载《唐宋传奇集》，齐鲁书社，1997。

心，亦可悲矣！①

作者虽然在结尾部分体现了对飞烟的一点同情心，但基本上是责备飞烟没有为武公业守节，认为这所有的悲剧都是因为飞烟炫耀自己的美貌而造成的。这种对美人的警戒成为唐代士人共同的女性观。

既美貌又贤淑、会审时度势、不向男性提出过分要求的女性，是唐代士人理想的自由恋爱的对象。但是另一方面，唐代士人又警惕美女，提防自己陷入自由恋爱当中，其对女性的欲望也只是欲望而已。

3. 对于欲望的境界的心理分析

以上我们分析了爱情类传奇中所反映的唐代士人的女性观。本文所选的八篇传奇作品中，《李娃传》、《任氏传》、《莺莺传》、《霍小玉传》的男主人公都是与科举考试有关的士人。不仅如此，《莺莺传》、《霍小玉传》中的男主人公因为科举考试与女主人公分别。因此，传奇中的科举考试是男女主人公从有密切联系的阶段转到另一个阶段的一个过渡。

传奇作品体现的这样的男主人公的心理状态可以用法国的心理分析学者拉康（Lacan）定义的"想象界"和"象征界"阶段来说明。拉康在他的著作《欲望理论》这部书中把相爱的男女之间的爱情变化用"想象界"和"象征界"的秩序来说明。根据他的理论，对象是实际上的存在而接近的过程是"想象界"，得到了

---

① 鲁迅校录《三水小牍·步飞烟》，载《唐宋传奇集》，齐鲁书社，1997，第114页。

那个对象的瞬间确认了不是自己想要的过程是"象征界"。① 即《莺莺传》与《霍小玉传》的男主人公张生和李生刚开始把莺莺和小玉看做是自己的欲望并一视同仁,他们认为莺莺和小玉能弥补他们的不足。但是他们遇到了科举考试,借用拉康的用语就是遇到了"父亲的秩序",并且发现在与"父亲的秩序"有关系的状况中原来自己一视同仁的对象现在竟然也没什么。对张生和李生来说,莺莺和小玉已经不是欲望的对象,所以张生把莺莺吐露心事的信公布于众②,李生也对小玉"秋扇见捐"。那么负了莺莺和小玉的张生和李生其欲望难道没有了吗?对张生和李生来说,莺莺和小玉现在可能已经不是他们欲望的对象了,但并不是说他们的欲望消失了。再用拉康的用语来解释的话,就是在"想象界"和"象征界"之间产生了"实在界"。即张生和李生找到了非以往欲望的对象来补充被拖延了的欲望。所以张生又重新找到了成为别人妻子的莺莺试图再见她,李生也在小玉以后换了很多女人。特别是李生因为她对小玉的"想象界"的欲望差距太大,在换了多名女人的过程中形成了一种近似于疑妻症的怪僻性格。错过的欲望要在"实在界"中得到补偿。

像这样的"想象界"和"象征界"的秩序除了分析男女主人公的心理状态以外,也与爱情类传奇的叙事过程相关。即传奇的正文属于"想象界"秩序的话,有作家评论的议论文部分是靠"象征界"的秩序来写的部分。议论文部分相当于是心理学上的警察,其拥有权力以及父权的作用。因此议论文能评价正文本身。结果被"象征界"压抑的"想象界"的部

---

① 雅克·拉康:《欲望理论》,权泽荣译,首尔:文艺出版社,1994。
② 鲁迅校录《莺莺传》,"张生发其书于所知……"

分产生了"实在界"这个差,这就是传奇的故事本身起到禁忌和迷惑的作用。唐代的士人在"实在界"的禁忌和迷惑中重复着想读传奇、写传奇的过程。

三 结语

有这样一句话:"动物对客观事物产生欲望,人对欲望产生欲望。"这是指欲望本身可以成为衡量人类标准的重要因素。从这个角度来看,本文讨论的唐代传奇可以称为说明对权力和女性的欲望产生欲望的唐代士人的叙事。

传奇是唐代士人在当时的社会状况下把只能被看做禁忌的欲望合法地叙述的通路。作为男性的他们很自然地注意到与女性的恋爱故事,爱情类传奇是他们为了合法地表达自己欲望的最受欢迎的形态这一点也就不言而喻了。但是从男性的角度来看传奇中的女性是不自由的,她们只是被看到的存在,是另一个世界的神秘存在。这是因为传奇反映的是男性作家的心声,女性人物被表达成欲望的对象。但是仔细分析叙事的内容可以发现,传奇的女性人物不仅是作为欲望的对象,而且也是欲望的主体。在本文中没能施行的有关这部分的考察笔者认为可以通过女性人物的自作诗、词、信等插入文来阐明。通过细读这些插入文,可以进一步考察唐代女性的欲望,同时希望传奇的女性人物会活生生地进入到现实世界。

原文发表于中国社会科学院文学研究所、中国古代小说研究中心编《中国古代小说研究》(第一辑),人民文学出版社,2005,收入本书有所修改。

仙女还是妓女

——唐代爱情类传奇中出现的仙妓合流现象

一 引言

> 彩翠仙衣红玉肤，轻盈年在破瓜初。
> 霞杯醉劝刘郎饮，云髻慵邀阿母梳。
> 不怕寒侵缘带宝，每忧风举倩持裾。
> 谩图西子晨妆样，西子元来未得如。①

这是唐代士人孙棨献给他爱慕的一位妓女的诗。诗中的妓女犹如仙女，她身穿仙女之衣，酬酌神仙之酒。在她身上几乎找不出妓女所固有的世俗之感。不，倒不如说是他就把她当做临凡的仙女。

---

① （唐）孙棨：《王团儿》，载《唐国史补等八种：北里志》，世界书局，1968。

像这样，唐代出现了仙女和妓女形象交错的现象。这种现象被称为仙妓合流现象，它不仅出现在唐代的抒情文学中，而且在叙事文学中也频繁登场。本文讨论的是唐代虚构的叙事文学——传奇，尤其是其中以男女爱情为题材的部分。

唐代爱情类传奇中的仙妓合流现象是以两种形式进行的：一种是神女或仙女不但固守自身传统的形象，还与下层妓女形象重叠出现；另一种是像前文论述的诗文内容中的妓女，她们不以世俗领域的形象出现，而是以属于天上领域的神女、仙女的形象登场。

因此，本文试图通过对这种仙妓合流现象的探索，来了解仙妓合流现象出现在爱情类传奇中的原因及其实例。同时，还要考察一下在唐代社会、文化中表象为仙女或妓女的女性形象所蕴涵的意义。

二 唐代的妓楼文化

那么，仙女为什么要呈现出与妓女混合的形象？这种现象出现在唐代的原因是什么呢？为了回答这个问题，首先有必要关注一下宋代张端义对唐代人的妓楼爱好的评论。

> 晋人尚旷好醉，唐人尚文好狎。[①]

如张端义所说唐代是妓楼文化盛行的时代。唐代增长的生产力和随之而来的唐代社会经济的发展促进了都市文化的繁

---

① （宋）张端义：《贵耳集》，中华书局，1959。

荣，从而使这种以城市为中心的妓楼业得到了发展。唐代首都长安作为国际大都市，非常繁盛，其中妓楼以平康里就是当时唐都长安的妓楼为中心。妓楼文化与唐代人的娱乐密切相关，是构成唐代文化的重要因素。唐代的孙棨在《北里志》中对唐代的妓楼有如下记录。

> 平康里。入北门，东回三曲，即诸妓所居之聚也。妓中有铮铮者，多在南曲、中曲。其循墙一曲，卑屑妓所居，颇为二曲轻斥之。其南曲，中曲门前通十字街，初登馆阁者，于此窃游焉……妓之母，多假母也。亦妓之衰退者为之……初教之歌令而责之，其赋甚急。微涉退息，则鞭朴备至。皆冒假母姓，呼以女弟女兄为之行第。[1]

由此可以看出，她们从小研磨舞蹈、音律、文章等技艺和知识，也能看出她们对自身的修养是非常自信的。因此，她们不仅能自然而然地和年轻的士人交流，还在和高官显贵们交往时非常注意自己的尊严与地位。

> 每南街保唐寺有讲席，多以月之八日，相牵率听焉……故保唐寺每三八日士子极多，盖有期于诸妓也。

> 北里之妓，则公卿举子，其自在一也。朝士金章

---

[1] 孙棨：《海论三曲中事》，载《唐国史补等八种：北里志》，世界书局，1968。

者，始有参礼。大京兆但能制其异夫，或可驻其去耳。①

上述两段文字揭示了北里妓女和青年士人之间的亲密关系以及北里妓女的社会地位。妓女和士人主要在宴会席上相遇，这就为妓楼文化的形成提供了一种契机。

妓楼文化也与宴会文化相通，尤其是宴会在唐代士人的交游中占很大比例，例如考取进士科的士人要参加的正式宴会就达四十多次。其中曲江宴是为考取进士科的士人而准备的。通过进士科的士人和考官聚集的谢恩宴会也是正式的宴会之一。筹备这种谢恩宴会时，要先在主考官的住居附近租一家妓楼，然后在那里设宴，这种妓楼叫作"期集院"。另外，还有为科举落榜的士人设的宴会，根据李肇的《唐国史补》卷下为进士科落榜的士人设的宴会称作"打毷氉"，即"消解烦恼的宴会"。此外，士人聚会的大小宴会以妓楼为中心展开的情况颇多，进而干脆出现了专门准备这种宴会的叫做"进士团"的赢利集团。因此，唐代的士人和妓女可以一直保持着密切关系，他们的爱情故事也可以说是从宴会文化派生而来的。

对士人而言，妓女的存在有着多层意义。对他们来说，妓女不仅是文化上的伴侣，还是恋爱对象。在宴会席上妓女不但和士人玩智力游戏——行酒令，她们还具备能够相互诗歌唱和的文化知识素养。因此，士人和妓女自然而然地形成共有的文化意识，并互相视为恋爱对象。尤其是当时的社会是一个极其

---

① 孙棨：《海论三曲中事》，载《唐国史补等八种：北里志》，世界书局，1968。

重视门第观念的社会,男女之间的自由恋爱是不可能获得家族和社会的认同与接受的。士人自然把对自由恋爱的向往寄托在妓女身上。对唐代爱情类传奇的创作者——士人而言,这种与妓楼文化的密切联系是使他们创作出以妓女为题材的作品的原因之一。

世俗领域的仙女

作为仙妓合流现象投影的爱情类传奇,本文要研究的作品有张鹭的《游仙窟》、沈既济的《任氏传》、蒋防的《霍小玉传》、白行简的《李娃传》等。这些作品的男主人公都是士人,女主人公都是仙女或妓女。即《游仙窟》叙述的是与仙女的相遇,《任氏传》、《霍小玉传》、《李娃传》是以妓女作为女主人公的作品。从题目上看《游仙窟》虽然是以仙女为女主人公的作品,可从内容展开上看女主人公的形象更接近于妓女。《游仙窟》的女主人公不是属于遵守天上秩序的神女或仙女形象,而被描绘为与世俗男子在酒席上互开玩笑、相互戏弄、互相调笑的形象。

> 十娘笑曰:"莫相弄!且取双六局来,共少府公赌酒。"仆答曰:"下官不能赌酒,共娘子赌宿。"十娘问曰:"若为赌宿?"余答曰:"十娘输筹,则共下官卧一宿;下官输筹,则共十娘卧一宿。"十娘笑曰:"汉骑驴则胡步行,胡步行则汉骑驴,总悉输他便点。"①

---

① 鲁迅校录《游仙窟》,载《唐宋传奇集》,齐鲁书社,1997,第258页。

《游仙窟》的男主人公趁着崔十娘离席的片刻工夫，便向五嫂娘子询问"十娘何处去？应有别人邀"。而这段话是妓楼里妓女与客人之间常用的对话。① 它暗示了《游仙窟》的仙女其实带有与妓女相通的意义。所以，《游仙窟》的女主人公体现了仙女和妓女相交错的双重形象，也就是说，与仙女的女性存在之世俗化现象相连。

仙女的世俗化现象可以推溯到南北朝时期。南朝刘义庆的《幽明录》中收录着一段汉武帝试图戏弄仙女反遭难堪的故事，它可作为证明仙女世俗化的原始资料。

> 汉武帝在甘泉宫有玉女降，常与帝围棋相娱。女风姿端正，帝密悦，乃欲逼之。女因唾帝面而去，遂病疮经年。②

汉武帝视仙女为发泄情欲的对象试图侵犯，即便汉武帝是帝王身份，把属于天上秩序的仙女视为满足其情欲之对象，这在以前的叙事中也是不可能存在的。例如同样以汉武帝为男主人公登场的《穆天子传》、《神异经》、《汉武内传》、《汉武故事》等神话书及志怪作品中，就没有汉武帝对神女或仙女表示男性的情欲之事。虽然上面那个故事中汉武帝的行为以失败告终，但在《幽明录》中仙女的存在被刻画为满足人间情欲之对象的事实可以说反证了仙女的地位比以前下降了。

---

① 倪豪士（William H. Nienhauser, Jr.）：《唐人载籍中之女性性事及性别双重标准初探》，载《传记与小说：唐代文学比较论集》，南天书局，第 53~55 页。
② （南朝·宋）刘义成撰《幽明录》，文化艺术出版社，1988。

仙女地位的下降意味着仙女成了比"仙"更强调"女"的存在。也就是说，与其说仙女是属于仙界的存在，不如说成了富有女性性感的男性情欲之对象。从而唐代爱情类传奇中的仙女就具备两种性格。一方面仙女形象和以往一样以严肃神圣的形象出现，另一方面开始以极为人性化的形象甚至接近于妓女的形象出现。①

四　属于天上领域的妓女

爱情类传奇描绘的仙女带有妓女性质，反过来这就意味着妓女也具备仙女的形象。爱情类传奇之一《李娃传》中这样描绘李娃的美貌："触类妍媚，目所未睹。"这种思维方式可以说是把世俗的妓女李娃与天上的仙女等同起来了。还有，在《霍小玉传》中媒婆向李生介绍霍小玉时是这样描绘的。

有一仙人，谪在下界，不邀财货，但慕风流。②

在仙妓合流的文化氛围中妓女霍小玉称为被流放的仙女，即谪仙。这就是在与仙女的延长线上看待妓女的唐代说法。以唐代笔记《北里志》中记载的妓女的姓名为例，像"天水仙哥"、"俞洛真"、"小仙"等都使用了表示仙女的"仙"或"真"字。不仅是名，妓女的字也都如此，如"天水仙

---

① 李丰楙：《忧与游：六朝隋唐游仙诗论集》，学生书局，1996，第385~396页。
② 鲁迅校录《霍小玉传》，载《唐宋传奇集》，齐鲁书社，1997，第41页。

哥"的字是"绛真"、"莱儿"的字是"蓬仙"等。这些都是把妓女看做仙女的仙妓合流现象的证据。另外，收录在《北里志》中献给妓女的诗里有很大一部分是把妓女和仙女等同起来或把妓女的住处表现为仙界。下面举其中一个例子。

严吹如何下太清，玉肌无奈六铢轻。虽知不是流霞酌，愿听云和瑟一声。①

从这首诗可以看出妓女被描绘得像生活在天庭的太清，如给神仙斟流霞酒的仙女一样。所以唐代妓女其实就是仙女的现实的变形，唐代文化脉络中使用的"遇仙"的概念和"遇艳"是一样的。② 但是仙女和妓女的相互交错现象不仅在唐代出现，而且早在中国也曾出现过这种文化现象。其例为韩国高丽时期李仁老的《破闲集》（1260）中记载着新罗将军金庾信少年时期和一个叫天官女的妓女相爱的轶事③，此天官女可以推断为主管向天祭祀的神女。事实上，新罗初期确实存在神女主管天祭的习俗。例如《三国史记》（1145）④ 也记载着新罗始祖朴赫居世的祭祀不是由男性祭祀长主管，而是由他的

---

① （唐）孙棨：《天水仙哥》，载《唐国史补等八种：北里志》，世界书局，1968。
② 孙逊：《中国古代小说与宗教》，复旦大学出版社，2000，第260~265页。
③ 〔韩国高丽〕李仁老：《破闲集》卷中，李相宝译，首尔：大洋书籍，1973，第85页。
④ 〔韩国高丽〕金富轼：《三国史记》卷第32，《杂志第一·祭祀》，金钟权译，首尔：大洋书籍，1973，第111页。

亲姐"阿老"主管的。根据这些可以确认当时女祭祀确实存在。但是后来随着这种制度的消失,女祭祀的地位也跟着下降,她们身上就赋予了类似于妓女的性感。因此,记载中的天官女也仅仅明示为妓女。

五 结论

综上所述,妓女来源于神女或仙女的事实,揭示了对妓女所蕴涵的文化含义作出多样化解释的可能性。也就是说,它是随着人性主义领域的扩大,社会文化思潮成了人类中心化所引起的。由于这种人性主义的出现,神圣的领域尤其是女性神圣的领域反而带有最世俗的妓女地位。从而唐代爱情类传奇中投影的仙妓合流现象最终可归纳为两个要点。第一,随着人性主义的扩大和女性神地位的下降所引起的由神女、仙女变为妓女的路线。第二,在人性主义的氛围中人类把仙界这一空间地上化、现实化,进而把妓女美化为仙女。结果,唐代爱情类传奇中这两种现象相互交错出现。

原文发表于《唐代文学研究》(第十一辑),广西师范大学出版社,2006,收入本书有所修改。

妖的诱惑

——浅谈唐代传奇中的女性形象

一　人们所喜闻乐见的故事

　　使我们乐在其中的是什么？使我们感到有魅力的是什么？在日复一日、年复一年的日常生活中，那些虽然不太惊人但却非同寻常的事件打破了我们无聊的生活，给我们带来了丝丝喜悦。不仅如此，它还给我们提供了逃逸平常生活的能量。有人曾经说过，从日常生活中不断逃逸，才是人类历史发展的动力。正如我们乐于从日常生活中逃逸，生活在唐代的人们也曾喜欢这种逃逸，他们把这种不同于日常的"异常"称为"奇"。

　　"奇"相对于"正"。如果"正"代表日常的、历史的、规范的、男性的，那么"奇"则代表非同寻常的、虚幻世界的、规范以外的、女性的。在正式的、庄重的场合，传奇故事是绝对不能作为话题的。但是，这些"奇"却是用"传"的形式，也就是记录历史的叙事体裁写下来的。

唐代的人们所写、读、乐的所谓的"传奇",就是使用那些用来写日常事件的叙事体裁来描写非同寻常的素材的一种文体。

那么最令人感兴趣的题材是什么呢?毫无疑问是男女之间的爱情故事。尤其是不同寻常的故事。考虑到唐代传奇的作者皆是男性,所以在男性的立场上来看,"传奇"中的男女恋爱的故事无疑是最非同寻常又吸引人的题材。

笔者首先想引用唐代传奇中的一则故事,这是一则不同寻常的男女恋爱故事。笔者想从这个传奇切入,探索这种奇特的男女恋爱故事在唐代发生的社会原因和士人的心理原因,以及笔者在作品中企图告诉读者什么。最后,考察唐代传奇在唐代以后和东亚各国的演变和传播情况。

二 唐代传奇:认可的逃逸

在唐代有一位士人[①]名叫卢涵。有一天他独自一人闲游自己的庄园,后来经过一家酒店就喝了几杯酒。酒店里有一个把头发圆圆地盘在头上的貌美女子,她不仅外貌秀雅,而且口才出众。于是卢涵一边跟她谈笑,一边与她共饮美酒。后来那女子又约卢涵一起到她家继续喝酒。刚到那个女人的家,卢涵就发现一条大蟒蛇蜷伏在酒桶后,从那条蛇身上流出的鲜红的血则变成了酒。大吃一惊的卢涵现在才明白,这个女

---

① 士人是唐代知识分子阶层的统称,包括想要进行科举考试的人和科举考试中合格的人。关于唐代士人的概念和名称,可参考河元洙《关于唐代的进士科和士人的研究》,首尔大学校大学院东洋史学科博士论文,1995,第7页。

人原来是妖怪，于是拔腿就跑。那女子猛追卢涵，并指使一个巨大的骷髅一直追赶卢涵。卢涵吓得魂飞魄散，好不容易才躲开骷髅回到自己的庄园。翌日，卢涵到昨日一路逃回来的地方一看，发现了一个骷髅和一条黑色的蟒蛇，还有一个在坟墓中陪葬的俑。

这个故事收录在唐代裴铏写的《传奇》[①]里。内容是男子被美貌的女性诱惑，然后发现那女子原来是妖之后逃跑，最终九死一生才得以保全性命的故事。裴铏是唐代懿宗、僖宗年间（860~880）的人，曾在节度使高骈[②]手下任过官职。高骈一度沉迷于神仙和方术，所以裴铏可能是为了迎合高骈才著成关于神仙和妖怪的故事集《传奇》。裴铏的创作动机与当时盛行的温卷、行卷[③]风潮有关。温卷、行卷指的是在科举考试之前，士人把自己写的得意诗文赠送给当代名流权贵的风俗。一方面显示自己的才华，另一方面拜托日后的事情。用诗或赋显

[①] 裴铏的作品《传奇》是由短篇传奇组成的作品集。关于《传奇》可参照拙著《传奇：超越和幻想，三十一篇奇异故事》，首尔：青林出版社，2006。

[②] 高骈日后建立了平定黄巢之难的大功，当时代替高骈写成檄文的人就是韩国汉文学的鼻祖崔致远。崔致远当时在高骈的麾下就任官职，以温卷的形式发表了很多迎合高骈喜爱神仙的趣向的诗文，被推断为崔致远的作品《新罗殊异传》中采用了唐代传奇作为典故，这说明崔致远的作品受到了唐代传奇的影响。然而，有趣的是《传奇》的作者裴铏也曾在高骈麾下。由此可以推断出，崔致远通读了高骈的幕僚裴铏的作品集，并且也可以假设裴铏的《传奇》也对崔致远的文学产生了一定程度的影响。关于崔致远、高骈以及裴铏可参照李剑国、崔恒《新罗殊异传考论》，大邱：中文出版社，2000，第45~50页。

[③] 关于温卷、行卷的各种事项以及唐代的士人阶层、科举制度，参照河元洙《关于唐代的进士科和士人的研究》，首尔大学校大学院东洋史学科博士论文，1995。

耀自己的文学才华以得到高官贤达和名流们的欣赏，这不仅对那些想任官职的士人来说非常重要，而且即使在上任官职以后，他们也会继续写迎合上官嗜好的文章以保全自己的前途和官职，这是当时传奇作者的主要创作动机。

故事远比诗和赋吸引人，正如大文豪鲁迅所说，开始出现向那些对诗、赋感到厌倦的上层权贵赠送小说以拜托私情的风潮，结果写传奇的人急剧增加。[①] 在这种风潮下，裴铏为高骈创作了《传奇》，高骈的另外一个幕僚崔致远读这个传奇乃是顺理成章的事情。因为他们两人都是希望成为前途无量的官僚的唐代士人。传奇的作者都是男性，他们都是当时的精英阶层。他们是一个以儒教世界观为基础的集团，他们代表唐代社会的统治意识形态。

因为士人是社会统治意识形态的创造者，所以享有很高的社会地位。当他们打算把自己的理想和愿望用传奇作品表达出来的时候，必然需要一定的意识形态工具。为此，他们把叙述历史的方式也就是写"传"的方式应用到传奇的创作当中。

"唐代传奇"是利用符合历史规范的"传"的文体记录下来的非同寻常的故事。也就是说，"传奇"的主题是非传统的，而它的形式却是传统的。有鉴于此，即使士人叙述了违反意识形态规范的故事，也可以不被统治者审查。利用历史叙述的方式写下奇异古怪的故事，目的是不逾越意识形态的防线。对这种在传奇记述上的特点，鲁晓鹏（Sheldon Hsiao-peng Lu）曾引用路易·皮埃尔·阿尔都塞（Louis Pierre Althusser）的话

[①] 关于鲁迅的提及，参考鲁迅著、赵宽熙译注《中国小说史略》、《中国小说的历史变迁：第3讲唐代的传奇文》，首尔：生活出版社，1998。

进行了如下解释。

  艺术以观察、感知、感动的方法，想要传达给我们的是意识形态本身。艺术由意识形态形成，由意识形态覆盖，而又从意识形态中分离出来，然后又在谈论这种意识形态。尽管"传奇"必定要受到正统"传记"意识形态的影响，它在脱离这个意识形态的同时也体现了这种意识形态。读者通过阅读这种小说，将获得以"传记"形式出现的关于意识形态基础的自我意识。①

  正如阿尔都塞所说，传奇受历史叙述的统治理念的约束，但是它又具有脱离统治意识形态的内容。有着儒教世界观，并且想要构筑儒教社会秩序的士人，其一言一行都是儒教意识形态的具体体现。但是，他们却可以在传奇作品上肆无忌惮地把深藏在自己内心深处的欲望发泄出来。因为不论怎样，他们都没有脱离统治意识形态的框架。例如，神仙世界的虚幻以及在现实世界不可想象的男女之间的自由来往等，都是有悖于意识形态的，孔子也曾说过"子不语怪力乱神"，"男女七岁不同席"。但是传奇由于采用了社会认可的"传"的形式，再加上它的读者都是社会上层人士，所以"传奇"可以被社会容许。

  士人企图通过传奇作品所表现的欲望非常之多，但是最令作家和读者感兴趣的题材无疑是男女间的恋爱故事。传奇的作者是士人阶层，而身为社会名流的读者又是同样的士人阶层。所以可

---

① 参考鲁晓鹏《从历史性到虚构性：中国叙事诗学》，首尔：图书出版社，2001，第33页。

以说传奇作品把唐代的士人作为它的第一读者。因此,传奇里出现的爱情故事反映了唐代男性想表达的他们关于女性和爱情问题的见解,而且所有的故事都是站在他们的立场上来叙述的。

我们可以从前述的卢涵的故事中看到唐代士人的欲望。尽管被儒教道德禁锢,但男性却从灵魂深处渴望自由恋爱。这在当时结婚必须遵从门当户对规范的社会是不可实现的,所以作者把自己欲望中的女人设定为仙女或者妖,这可以避开社会的谴责,因为仙女和妖在现实社会中不存在,更何况叙述的方式又采用了严格的、记载历史用的"传"的方式。

三 美丽的妖:逃逸的欢乐

传奇中的女性都是美貌出众、才华横溢的女人,而男人都是士人。比如卢涵的故事里的男主人公和才色兼备的女人。他们往往一见钟情,而且互相之间唯我独钟,无暇顾及第三者。如果从分析心理学的角度考察这种爱情形态的话,这是由于男女分别认为对方是阿尼玛(Anima)和阿尼姆斯(Animus)。[1] 阿尼玛是男人意识里存在的女性,而阿尼姆斯是女性意识里存在的男性。男女之所以可以一见钟情,就是因为对方能够很快地成为自己的阿尼玛或阿尼姆斯。男人和女人们不断地渴求现实社会里的阿尼玛和阿尼姆斯,一旦找到了与自己意识里的阿尼玛和阿尼姆斯相吻合的对象,就会立刻感到爱的渴求将被满

---

[1] 关于阿尼玛(Anima)和阿尼姆斯(Animus),参考荣格(C. G. Jung),《荣格心理学解说》,首尔:新英社,1989,第273~283页。

足。传奇里的男女主人公都是十全十美的，而且是从这不完整的世界里寻觅到的珍贵的存在。但是阿尼玛和阿尼姆斯并不是永远那么十全十美。正面的阿尼玛可以是女神或是仙女，而负面的阿尼玛也许是妖、鬼神或是妓女。阿尼姆斯也一样，他既可以是王子，也可以是动物、吸血鬼、武器或是男性性器。也就是说，阿尼玛和阿尼姆斯都具有双重性。当阿尼玛以负面形象出现时，则变成"诱惑者"，卢涵的故事里男主人公的阿尼玛就是以负面形象出现的。开始，男主人公被女主人公的美貌所倾倒而产生美好感情，但很快对她的不寻常行为感到恐惧。不久真相大白，女人原来是"可恶的诱惑者"——妖。在唐代传奇里大量出现诱惑男人的"可恶的诱惑者"型的女人。恋爱初期他们相亲相爱、如胶似漆，但是最后男人终于醒悟过来，把女人视为"诱惑者"和"妖"。例如，元稹的《莺莺传》，起初男主人公全心全意地爱女主人公莺莺，但是最后认为她只是诱惑者而已。如参看以下叙述：

"大凡天之地所命尤物也，不妖其身，必妖于人。使崔氏子遇合富贵，乘宠娇，不为云，为雨，则为蛟为螭，吾不知其变化矣。昔殷之辛，周之幽，据百万之国，其势甚厚。然而一女子败之。"……于时坐者皆为深叹。[①]

男主人公认为美貌的女主人公本来就孕育着灾难，而自己从未料到女人会招来如此多的灾祸，一切灾祸都是女人一手造成的。不仅如此，男主人公把莺莺比作使两个王朝灭亡的殷妲

[①] 鲁迅校录《莺莺传》，载《唐宋传奇集》，齐鲁书社，1997，第90页。

己和周褒姒，并说自己毫无责任，一切皆归罪于莺莺。男主人公的听众们都对此表示共鸣，表示对那些诱惑男人的美人必须提高警惕。

所有的男人都在梦想着与艳丽的女人恋爱，但是如果那个女人将毁灭你的话会如何呢？如果对方不是世间的女人，而是妖或者鬼神的话又会如何呢？这种故事使读者一方面为男主人公的恐怖经历而不寒而栗，另一方面又饶有兴趣。因为作为传奇读者的士人内心深处本来就渴望从日常的无聊中逃脱，而这种欲望可以通过传奇里出现的与女妖恋爱这一极端的假设得到一定的满足。因为女妖不是现实世界的女人而只是一种假设，所以传奇的作者即使写了与她的恋爱史也不会受到社会的责难。尤其是在结尾，男主人公勇敢地甩掉那女妖。这种与女妖的恋爱故事充分迎合了唐代男人的意识形态。

分析心理学认为一见钟情的女人突然变成一种恐怖的、可以置男人于死地的存在，是因为男性把自己心里的阿尼玛与自己的母亲一视同仁。荣格认为，在男性的无意识中存在的理想的异性，有时会成为和母亲一样的存在，而此刻男性不知所措并极力掩盖这种感觉，在这一过程中善良的阿尼玛则变成邪恶的阿尼玛。但是荣格的这一理论，实际上与男性对女性的"恐惧心理"有关。这是因为"能创造生命的"的女性和这一女性的性欲被男人发现时，这将直接成为削弱男性权力的原因。① 不仅如此，女性的魅力将使那些已成为欲望的俘虏的男人们在一瞬间失去男性的统治力，甚至导致男性社会意识形态

---

① 可参考 Pam Morris, *Literature and Feminism*, Oxford: Basil, Blackwell, 1993, 第 45 页。

的全面崩溃，这种恐怖心理正是男人把女性视为邪恶的阿尼玛的原因。

四 作为"他者"的她们

与妖的恋爱之所以那样令人快乐是因为妖不属于男人自己的社会，而是属于另外一个世界的"他者"。如卢涵故事里的那个坟墓里的陪葬俑，不是人世间的存在。她不是生活在生命的空间，而是生活在死亡空间——坟墓。而且不是"人"，只是貌似人的俑而已，而这一俑又不是男俑而是女俑，到处充满了奇异色彩。

叙述"他者"的神秘性和魅力的作品不仅在唐代风靡一时，而且随着时代的推移，有发展的趋势。其中明代作品《剪灯新话·牡丹灯记》[①]与卢涵的故事有异曲同工的结构。《牡丹灯记》的开头，有一位美丽的侍女手提牡丹灯引导男主人公去见女主人公，男主人公则被那女人的美貌倾倒而开始与她一起生活。有一天，邻居老人偶然看到那位男主人公与一个骷髅在一起。老人知道了男主人上了妖怪的当，于是向男主人公说了下面的话：

> "人乃至盛之纯阳，鬼乃幽阴之邪秽。今子与幽阴之魅，同处而不知，邪秽之物，共宿而不悟。一旦真元耗尽，灾眚来临。"

老人劝他再不要与妖见面，但是那位男子忘记老人的劝告

---

① 瞿佑：《剪灯新话》，上海古籍出版社，1981。

仍然与妖见面。最后男人被女人引向了死亡。在这一故事中，手提牡丹灯给男主人公引路的那位侍女是坟墓里的陪葬俑的变身，这与卢涵的故事里的那位侍女大同小异。只是在《牡丹灯记》里女妖所占的比重很大。尽管《牡丹灯记》的叙述动机与以入仕请托为目的的唐代传奇不同，但是不管是唐代还是明代，人们享受"非同寻常性"故事的作者和读者的思维方式是一样的。被表现为"纯阳"的人①，也就是男性，和与被表现为"纯阴"的女妖之间的恋爱，并不是在"我"和"我们"的领域发生的正常事件，而是在"他们的"和"他者"的世界里发生的人物和事件，所以这使故事的趣味性倍加。

　　《牡丹灯记》也传播到了日本，如浅井了意的怪谈小说《伽婢子》。② 其中的"婢"字代表女偶人状的陪葬品。这表示《伽婢子》的内容不是人们常识中的故事，而是离奇古怪的故事。其中的《牡丹灯笼》对《牡丹灯记》进行了改写，除了男女主人公的名字不同以及结尾部分有所改动以外，女妖的诱惑导致男主人公的破灭，以及由陪葬的女子偶人作为中介人这一大的脉络是一致的。在《牡丹灯笼》里也有老人劝说坠入与妖的爱河里的男人的场面，其劝说的内容也一样。

　　　　凡是人，在活着的时候阳气盛，所以清淡洁净，但是
　　　死后成为幽灵，则阴气盛，变成古朽也，所以应该远离死

---

① 韩国古小说中把凡间男性假定为阳、把女妖假定为阴的说法比较常见。朝鲜金万重（1637~1692）写《九云梦》的《贾春云为仙为鬼，狄警鸿乍阴乍阳》中，有个真人对和张娘子恋爱的杨少游说了同样的话。
② 《伽婢子》是17世纪日本的传奇小说，是把《剪灯新话》以日本的方式改编的。

人，但你如今和阴盛的幽灵在一起，而你自己却不知道。①

《牡丹灯笼》里的妖也生活在与凡间世界不同的世界。从男人的立场来看，女妖和中介人的女子偶人都属于"他者"，所以与她们邂逅本身就是一种从平常生活的逃逸。

越南也有过类似的故事。16世纪，越南文人阮屿创作的《传奇漫录》②中的《木棉树传》的内容是，男主人公被女妖诱惑，最后自己也变成黏附在木棉树上的一个鬼。在这一故事里男女之间的侍女也是坟墓里的陪葬偶人，而《木棉树传》的结尾也是以男主人公的破灭告终。男性主人公被女妖引诱而进到棺材里，最后被阴间的鬼卒掳走。

以上我们考察了卢涵的故事、《牡丹灯记》、《牡丹灯笼》、《木棉树传》等传奇作品，这些作品的共同点是男性主人公均被女妖引向毁灭。最初男主人公被女主人公的美貌所倾倒，但不久认识到她是妖怪。可是无法解脱女人的诱惑，最后他也变成妖或者鬼。对艳丽的女人的欲望与对她的恐怖共存。③ 因为她不是活在凡间的人，而是具有超能力的一种存在，因此不能

---

① 浅井了意、江本裕校订《伽婢子》，东京：平凡社，1987。
② 《传奇漫录》是越南的传奇小说集，并不是《伽婢子》那样的改编小说。但是《传奇漫录》的序文指出，这本书是受《剪灯新话》的影响而著的。
③ 韩国现代小说中，李文烈的《堕落的东西也有翅膀》和日本的谷崎润一郎的小说《痴人的爱》有一个共同点，就是男主人公被美丽的女性诱惑，最终慢慢地走向毁灭。这两篇小说中的男主人公就像被妖怪迷住的男性一样，不能摆脱掉女主人公。尤其是《痴人的爱》中，男主人公甚至被女主人公虐待。并且男主人公虽然感觉女主人公像"缠着自己的恶鬼"一样，但是却不能驱除她。这两篇小说是"和妖的恋爱故事"的现代版，是非正常的男女爱情故事的延续。

被男性中心的社会所容纳。所以在男性中心的社会秩序里，把她规定为"秩序以外"的"他者"，那些女人被称为妖，是一个恐怖的存在。

那么，从卢涵的故事到《木棉树传》，那些男性作者想要告诉我们的教训到底是什么呢？那就是"必须警惕美貌的女人①，她可能是妖。妖怪将使你走向毁灭"。唐代传奇的作者不但提到过这个教训，而且《剪灯新话》、《伽婢子》、《传奇漫录》等作品的作者共同提到过。这些告诫更使他们在当时的社会文化体制中得到认同，因而可以毫无顾忌地通过男人与女妖邂逅这一不同凡俗的主题进行创作，以飨读者。

原文收入哈尔滨师范大学人文学院中文系、中国社会科学院文学研究所古代小说研究中心主编的《第三届中国古代小说国际研讨会》。2006年8月已发表论文，为了本书有所修改。

---

① 琳达·哈特（Lynda Hart）的著作《恶女》（首尔，热爱人类出版社，1999）中说道，西方文化中恶女一定被描写成貌美的白人女性。这本书中写到黑人或是有色人种的女性很少被描写为邪恶却迷惑人的女主人公。原因是貌美的白人女性是一种增强白人男性中心的意识形态的存在。也就是说，白人男性通过征服邪恶美丽的白人女性，来更加巩固异性恋的父权制，最终恶女是为了统治阶级男性的欲望而存在的。在同样的情况下思考的话，东方的女妖所具有的意义也有着类似的推理。古典小说中不会存在不美丽的女妖。因为女妖的形象中，男性欲望和恐怖共同存在，所以对可以同时引起欲望和恐怖的女妖来说，美貌是一个必需的条件。小说中女妖的存在有着双重作用。在儒教传统的意识形态下，女妖既是男性应该克服的对象，又是男性欲望的对象。所以，如果有的男性征服妖的话，就会对他加强统治意识形态有所帮助。但是，即使男性没有战胜妖，也至少会给别的男性一个教训。

昆仑奴·他者·幻想

——以唐代昆仑奴为中心

一 引言

昆仑奴是唐代社会之特殊集团。在唐代诗歌和小说中容易发现关于昆仑奴的记载。《云溪友议》卷中《辞雍氏》云："崔涯嘲妓曰：'怀胎十个月，生下昆仑奴'"。这是以昆仑奴一词形容新生婴儿皮肤黑。因此，我们可以推断昆仑奴的皮肤黑，他们可能不是汉族。

一般我们称他们为昆仑奴，不是昆仑官或者昆仑王，所以也可以推测他们主要从事奴隶业务。

那么，这些昆仑奴来自何方？怎样来到中原？而且，唐代社会中他们的社会文化意义如何？

从这些疑问出发，本文特别注重考察唐代小说中出现的昆仑奴的形象和意义。其中，本文论述裴铏《传奇》中的两个作品《昆仑奴》和《周邯》，以及《甘泽谣·陶岘》中的昆仑奴。这些作品中所出现的昆仑奴拥有汉族难以达到的能力。

昆仑奴能飞檐走壁以及善于潜水。虽然他们是奴隶身份,但汉族主人对他们有一种幻想。然而,作品中昆仑奴绝不能当主体,他们只是奴隶、从远方来的族属,于是他们被认为是"他者"而已。

本文以《昆仑奴》、《周邯》、《陶岘》为中心,对唐代昆仑奴做一种分析。进一步,重新考察唐代社会对昆仑奴保持怎样的思考。

二 《昆仑奴》、《周邯》、《陶岘》

唐代裴铏的《传奇》里有关昆仑奴的作品只有两种,其中《昆仑奴》可谓唐代传奇中刻画昆仑奴形象最为杰出之作。昆仑奴摩勒机智果敢,有着高超的武艺,小说从多方面对昆仑奴摩勒进行了细致的描写。

一是他为主人崔生破解红绡所设的阴语,崔生于一品官家遇红绡而一见倾心,从一品官家离去之时,红绡立三指,又反三掌,然后举胸前小镜子云:"记取。"崔生回到家后,思念红绡。此时,昆仑奴摩勒看出了崔生的心事,破解出红绡的隐语。二是他射杀猛犬救出红绡。一品官家有一猛犬,小说通过摩勒之口向读者说明摩勒杀犬。三是昆仑奴在众人的围攻下,全身而退。"一品官命甲士五十人包围崔生家,使擒摩勒,然而莫人中他,顷刻之间,不知所向。"

《周邯》里也有对昆仑奴的描写。昆仑奴水精善于潜水,他的主人周邯常使他潜水取宝物作为一种娱乐。有一天,周邯的朋友王泽想取八角井底的宝物,邀请周邯派昆仑奴水精潜水取宝物。水精拿着剑,潜水找宝物。可是,水精引起井底的金龙的愤怒，最后他被金龙杀死了。

本来上述的《周邯》是根据《河朔访古记》卷中一个故事写成的。我们可以比较两个故事的异同。

观音禅院（八角井附）。彰德路城中丰安坊，有寺曰观音禅院。唐天禧二年所建，寺有八角井。父老相传，井中尝有云气如虹，众谓有宝，探之，其深不可测。郡人周邯，得昆仑奴，善入井，曰水精，使之入井底，良久，出曰："一黄龙，抱数颗月明大珠熟睡。"水精惊，亦病死。初，州城在井北，避洹水泛溢南徙，乃包此井于城中云。

《周邯》和《河朔访古记》卷中里都出现了昆仑奴水精。两个故事同样地说明周邯得昆仑奴水精，使他潜水。但《河朔访古记》卷中里没写朋友王泽的邀请，只写使水精入井底。而且，《河朔访古记》卷中里的水精不是被金龙杀死，而是病死。

那么其异同的原因何在？其原因和《传奇·周邯》的成书背景有关。《传奇·周邯》的作者裴铏为高骈从事。他跟随节度使高骈走到中国各个地方，搜集奇闻而编写《传奇》一书。裴铏可能在《河朔访古记》的昆仑奴故事的基础上，重写《周邯》的昆仑奴故事。

另外一个故事《甘泽谣·陶岘》中也出现了昆仑奴。主人公陶岘买昆仑奴摩诃，摩诃善游水而勇敢。陶岘保有两种宝物，一个是古剑，另一个是玉环。陶岘每遇水色可爱，则遗环剑于水，令摩诃下取，以为欢乐。有一天，昆仑奴摩诃引起水中龙的愤怒，龙拿取环剑，陶岘使摩诃再拿取环剑。然而，摩诃怕龙愤怒，不敢下水。总于，摩诃哭着下水，被龙杀死。这个故事的情节与《周邯》比较相似。两个故事中的昆仑奴善于潜水，为主人服务。最后，两个昆仑奴为主人的欢乐死去。

反正，按照上述三篇故事《昆仑奴》、《周邯》、《陶岘》所出现的昆仑奴形象，我们能发现昆仑奴身怀绝技，为汉族主人服务，昆仑奴对待主人忠心耿耿。

那么，昆仑奴到底是从何方而来的人呢？而且，他们怎能保有超人的能力？因此，本文在前人研究的基础上，先考察"昆仑"的字义。

三 "昆仑"的来源

在历史文献中，我们可以找到有关"昆仑"的记载。

《隋书》卷82《南蛮传·林邑》："其人深目高鼻，发拳色黑。俗皆徒跣，以幅布缠身。"《旧唐书》卷197《南蛮传》："林邑国，汉日南象林之地……自林邑以南，皆卷发黑身，通号为'昆仑'"。

《新唐书》卷222下《南蛮传》"盘盘"："盘盘，在南海曲……其臣曰勃郎素滥，曰昆仑帝也，曰昆仑勃和，曰昆仑勃谛索甘，亦曰古龙。古龙者，昆仑声近耳。"

《通典》卷188《扶男》:"隋时其国王姓古龙。诸国多姓古龙。"

由此可见,唐人曾称南洋一带的卷发黑身居民为"昆仑"。"昆仑"本系音译。"古龙"成了"昆仑"。

关于昆仑奴,朝鲜文人申光河(1729~1796)也曾经写过一首汉诗。申光河的字是文初,朝鲜正祖(1752~1800)时曾任过承旨,他家有一个昆仑奴。

> 移家耕海岸,得一昆仑奴。
> 生性极稚顽,有身亦侏儒……
> 两耳亦复聋,言语听若无。
> 望人摇口吻,谓言笑其遇……
> 自非陶侃胡,能欺子产鱼。①

这首诗描写昆仑奴的外貌。他不了解别人的言语,被别人嘲笑。这个昆仑奴可能是从东南亚来的,所以他和唐代昆仑奴的出生地也可能相同。

再换言,唐代"昆仑"居民是怎样输入中原之地的呢?

《旧唐书》卷14《宪宗纪下》:"(元和十年)八月己亥朔,日有蚀之。丙寅,诃陵国遣使献僧祇僮及五色鹦鹉、频伽鸟并异香名宝。"

---

① 林荧泽:《李朝时代叙事诗》上,首尔:创批,1992,第215~219页。

而且《新唐书》卷222下《南蛮传》的《诃陵》中也记载了有关的内容。

> 诃陵国，在南方海中洲上居……元和十年，遣使献僧僮五人、鹦鹉、频伽鸟并异种名宝。

按上述内容"昆仑奴"也可能以进贡的方式来到中原。而且《岭外代答》中的《昆仑层期国》的记载也提供昆仑奴的输入途径。

> 海南多野人，身如黑漆，卷发……卖为蕃奴。

而且，我们可以参考唐代张籍曾写过的一首诗《昆仑儿》。

> 昆仑家住海中州，蛮客将来汉地游。言语解教秦吉了，波涛初过郁林洲。金环欲落曾穿耳，螺髻长卷不裹头。自爱皮肤黑如漆，行时半脱木棉裘。[①]

据此我们推断，这首诗所说的昆仑儿是由蛮客经由郁林洲来到汉地的。昆仑儿也是被蛮客贩卖到中原的。《周邯》中的昆仑奴水精、《陶岘》中的昆仑奴摩诃都是通过人口买卖而输入内地的。

有关《昆仑奴》摩勒的来源，作品中没有描写。然而，可以推断唐代长安的昆仑奴数量一定不会少，当时贵族家里往

---

① （清）彭定求等编《全唐诗》，中华书局，1960。

往有昆仑奴。有时，昆仑奴作为殉葬品。比如说《博异志》中的《阎敬玄》中的昆仑奴不是人，而是陶俑。本来刘俶家有两个昆仑奴，刘俶死后，两个昆仑奴作为殉葬品。

除了居住长安的昆仑奴以外，昆仑奴主要集中在唐代的大城市地区。比如说《玄怪录》中的《张老》中，昆仑奴随神仙张老夫妇住在天坛山南。后来在扬州，昆仑奴替主人张老送上十斤黄金。因此，可见扬州也是昆仑奴的主要居住地。

四 对"他者"的幻想

综上所说，唐代昆仑奴不但是从远方来的族属，而且《传奇》中描写的昆仑奴拥有超人的能力。小说中，他们虽然是奴仆，但是汉族主人对他们一直有一种神秘感和幻想。其原因何在？

笔者认为在这一点，要提出"他者"的观点。[1] "他者"不属于"我"和"我们"，而且不属于"我"和"我们"的中心世界。最初，"我"和"我们"对"他者"感到陌生，陌生就变成幻想。但是，过了一段时间，"我"和"我们"认识到"他者"的实体后，"我"和"我们"的世界会排除"他者"。在这一点上，"他者"不过是牺牲者而已。本来"他者"的概念基础于"东方主义"（Orientalism）。"东方主义"就是以西方人的思想，判断东方人的看法。西方人最初接触东

---

[1] "他者"的观念根据于萨义德的"东方主义"。在西方人的视角上，东方人不能当主体，他们不属于中心领域。因此，"他者"可以被排除在中心权力之外。像西方将东方、男性将女性、中心民族将边界民族看成"他者"。

亚人时,对他们有幻想。这是一种"异域主义"(Exotism)、对"他者"的未成熟的观念、对"他者"的神秘化状态。可是经过一定的时间后,"我们"能了解他者时,按自我中心论理说明"他者"、解释"他者",而且试图编入"我们"的中心秩序。① 同样的道理也适用于男性和女性之间、中心民族和边界民族之间。对男性来说,女性是幻想感的对象。可是由于女性不能属于男性世界,幻想感消失以后,男性会把女性排除到中心之边。《昆仑奴》和《周邯》中的昆仑奴不是中心民族,他们不属于中心世界的"他者"。在《昆仑奴》中摩勒替自己的主人实现主人的愿望。主人对摩勒拥有幻想感。《周邯》中的水精代替主人潜水取宝物。他们不平凡的能力会引起幻想感。《陶岘》中的昆仑奴摩诃也善于潜水,为主人的欢乐,他牺牲了自己。

昆仑奴可以做主人的代替。虽然行为者是昆仑奴,但有关一切行为的缘起则是主人。在这一点上,笔者要提到精神分析学者"荣格"的观点。荣格曾经称这种代替人为"影子"。"影子"可以代替主人,能实现主人的愿望。《昆仑奴》中的摩勒为主人崔生救出红绡。其实,崔生绝不能和红绡结合。因为红绡属于一品官的私妓,而且一品官就是崔生父亲的朋友。而且崔生是士人,他受儒教伦理的规范,应该从其秩序。他不敢娶红绡。

《周邯》中的水精也为主人周邯实现其愿望。周邯自己不能潜水,水精为满足主人周邯的好奇,代替周邯。

---

① 郑在书:《东洋的悲伤》,引自《再读〈山海经〉的策略》,首尔:生活出版社,1996,第108页。

《陶岘》中的摩诃也精通水性。昆仑奴摩诃为主人陶岘潜水取环剑，以为欢笑。

实际上，当时许多昆仑奴从事潜水。在唐代作品中，昆仑奴最特别的技术是精通水性。《剧谈录》中的《李德裕》中有昆仑奴的记载。

> 李德裕在文宗武宗庙……及李南迁，悉于恶溪沉溺。使昆仑奴设取之。①

《广异记·谢二》也描写了唐代士人常使昆仑奴充当水手。

> 河南尹奏其事，皆云："魏王池中有一鼋窟，恐是耳。"有敕，使击射之。得昆仑奴数十人，悉持刀枪，沉入其窟，得鼋大小数十头。②

因此，我们再确认，对汉族士人来说，昆仑奴的能力不属于一般世界的，所以有幻想感，进一步把士人的愿望寄托在昆仑奴身上。

可是，昆仑奴不过是奴仆而已。他们不属于汉族，不属于中心权力，是从远方来的神秘的"他者"。所以中心世界没有保护他们，甚至会排除他们。虽然昆仑奴摩勒为崔生救出一品官的私妓，但一切责任都归于昆仑奴的身上。一品官

---

① （宋）李昉等编《太平广记》，中华书局。
② 王汝清编校《全唐小说》，山东文艺出版社，1993，第575页。

命甲士五十人擒摩勒。而且水精只听从主人周邯和王泽的命令。虽然引起八角井龙神的愤怒，周邯和王泽一点儿也没受罚。摩诃也听从主人的命令，最后他被杀了。摩诃的主人陶岘命令摩诃下水取环剑，摩诃怕水中龙，不肯下水。可是，最后摩诃被龙杀死，陶岘什么惩罚也没受到。

五　结论

昆仑奴绝对不能属于中心世界，他们只是"他者"。所以唐代士人对昆仑奴拥有双重感情。唐代士人对昆仑奴的能力有某种幻想感，同时在中心权力里不想接纳他们。因此，上述的三个昆仑奴不能幸福地、平平安安地生活到死。其结果是摩勒从崔生家逃走，水精和摩诃被杀。中心权力只能保护汉族主人崔生、周邯、陶岘。在中心权力之下，昆仑奴没有自己的位置。

原文已发表于2008年9月复旦大学中国古代文学研究中心编的《中国文学研究》，第十二辑，收入本书时补充有关朝鲜的资料。

从妓女到汧国夫人
——以女性学分析《李娃传》

一 引言

> 怪得清风送异香,娉婷仙子曳霓裳。①

这是中国唐代的一位诗人描写妓女风姿的诗句。诗中的妓女身上散发出诱人的香味儿,披着多彩的霞衣。诗人认为妓女是超凡脱俗的,我们不能从她身上寻找到丝毫世俗的痕迹。

但是,如果像这样美丽的女性存在着世俗的感情和欲望的话会怎样呢?如果貌似天仙的她不是她的真实面目的话又会怎样呢?

让我们把目光集中到中国的一位妓女身上吧,她的名字叫

---

① (唐)孙棨:《王团儿》,载《唐国史补等作种:北里志》,世界书局,1968。

李娃，由于品德高尚后来被封为汧国夫人①。当时，像李娃一样的妓女能够被封为汧国夫人是非常罕见的。妓女终究是妓女，即使与高官贵族结亲，她们也不能成为正式夫人。

那么，原为妓女的李娃为什么会成为汧国夫人？对于她，唐人是怎么评价的呢？本文将对成为汧国夫人的李娃的故事展开论述，并阐明关于她的故事中隐藏的鲜为人知的事实。

二 男性叙事的《李娃传》

妓女李娃的故事，属于中国唐代的叙事文学传奇。传奇是记录离奇的、世上鲜见的故事的，其主要作者是士人阶层。唐代的士人阶层是以科举考试为媒介而形成的阶层。他们的社会性是属于官僚阶层，或是准备做官的阶层，文化性是属于会运用文字的少数集团。并且他们都是男性，是学习儒家道德并亲身付诸实践的人。因而可以说唐代传奇是立足于儒教伦理观念的男性作者的叙事文学，所以传奇中叙述的事都是经男性角度矫正后的叙述。可以说，传奇中处处都是男性的观点。

在传奇中还有一点奇特的地方，是在每部作品的开头与结尾部分都附加了作者的评论。有的是作者对写这部作品的原委的说明，有的是作者对笔下人物的意见，有的则是概括整部作品而得出的作者的总评。评论的形式是模仿史书叙述的，这是为了强调作品内容的真实性。不仅如此，还起着把公式性、客观性、伦理性等男性特征作为评价作品的标准的

---

① 在唐代对功臣王公大臣的夫人授予的一种封号。

作用。

像这样的男性作者的评论在传奇《李娃传》的开头和结尾部分当然也可以看到。开头部分对女主人公李娃的介绍如下：

> 汧国夫人李娃，长安之倡女也。节行瑰奇，有足称者，故监察御史白行简为传述。①

监察御史是写《李娃传》的男性作者的官名，作者的名字是白行简。像这样的开头，即作者说明写这篇文章的原因，并在一开始就点明主人公的身份，是中国传统历史作品中常见的叙述方式。其目的是强调从现在开始男性作者要讲述的故事不是虚构的而是实际存在的，以便提高叙事的真实性。

接着《李娃传》的内容，男主人公登场，男主人公的名字在作品中没有提到，只用荥阳公的儿子"生"。

当时出身名门的"生"，为了参加科举考试赴长安赶考。以"生"平时的实力，金榜题名是没有问题的。到长安后，在准备科举考试的一天，"生"偶然见到了一位绝色美女并对她一见钟情。从那以后日夜念念不忘。朋友们告诉"生"，他看到的美女就是长安名妓李娃，并告诉他不花数百万两缗是见不到李娃的。被李娃迷住了的"生"拿出自己从家里带来的所有钱财终于见到了李娃……此后他们同居了。这样过了一年多，"生"带来的钱都花光了，对身无分文的"生"感到厌烦的李娃与她的鸨母策划撇下了"生"并隐没了行踪。从此，

---

① 鲁迅校录《李娃传》，载《唐宋传奇集》，齐鲁书社，1997，第63页。

遭李娃抛弃的"生"一蹶不振，几次濒临死亡的境地。最后他沦落为专为人唱丧歌的杠夫。

"生"唱丧歌唱得既优雅又悲哀，在当时的长安城内出了名，很多人都前去看他唱丧歌，就在那时他家的仆人因为一个偶然的机会发现了他。仆人看到杳无音讯、"生"死未卜的少爷做了杠夫，高兴之余把"生"带回了家。但是，看到不仅没有金榜题名反而做了杠夫的儿子，"生"的父亲以辱没家门的罪名，鞭打并将其逐出家门似乎不妥。

又一次遭到遗弃的"生"在街头以乞讨为生，就在即将濒临死亡的一个冬天，偶然被李娃发现了，看到成了乞丐的"生"，李娃悔悟了自己的错误并把"生"带回了家。李娃的鸨母反对她这样做，李娃给了她很多钱赎回了自己，脱离了鸨母的控制。从那以后李娃无微不至地照顾"生"，并帮助他使其参加科举考试，结果"生"终于中了状元。可是李娃却对"生"说她要安静地离开"生"，并嘱咐"生"让他与大家闺秀结婚，光宗耀祖。听了这话，"生"虽然极力挽留李娃，而李娃最后还是决定要离开"生"。同时，"生"的父亲得知妓女李娃帮助"生"中了状元，恢复了家门的名誉后，特别是被李娃的无私奉献与坚贞节义所感动，于是把李娃当作正式儿媳迎娶回家。

李娃成了"生"的正式夫人以后，她孝敬公婆一直到他们过世。李娃的孝顺感动了上天，出现了灵芝倚庐而产，"一穗三秀"的吉祥征兆，几十只白色的燕子飞到李娃家的屋檐下做窝。从那以后李娃的丈夫"生"连任高官，李娃生了四个儿子，并都培育他们做了大官，李娃最终被封为汧国夫人。

对于李娃最终成为汧国夫人的事，作者在文章结尾部分作了如下评述：

> 嗟乎！倡荡之姬，节行如是，虽古先烈女，不能逾也。焉得不为之叹息哉！①

在《李娃传》的结尾部分，作者把李娃评价得比烈女还高，并且作者还接着作了以下评论：

> 贞元中，予与陇西公佐话妇人操烈之品格，因遂述汧国之事。公佐拊掌竦听，命予为传。②

以上内容强调了《李娃传》讲述的故事是实际存在的。并且说明了作者写《李娃传》的原委，即《李娃传》并不是白行简个人创作的，而是在人们当中流传的脍炙人口的实事，白行简是受同僚李公佐的劝说而写的。那么，李娃的行动涉及李娃的语言，与"生"结婚后李娃的事迹等，都有可能是作者的叙述。不仅如此，因为作者是在与朋友的谈话当中接受劝说来写这部作品的，因此其中必然也反映了与李公佐一样的"预想读者"③ 的意见。

---

① 鲁迅校录《李娃传》，载《唐宋传奇集》，齐鲁书社，1997，第69页。
② 鲁迅校录《李娃传》，载《唐宋传奇集》，齐鲁书社，1997，第69页。
③ 据接受美学（Reader-response Criticism）讲，作者在创作作品的时候，考虑到三种类型的读者。第一种是实际手里拿着书看的读者；第二种是假想读者认为会看他的书的读者；第三种是理想读者，他们可以完整地理解原文的内容和语气。用这种假说来解释传奇《李娃传》的读者的话，传奇的读者就是适合这三种读者的"预想读者"。因为读者本身就已经介入了作者的创作过程，所以会出现作者的预想跟读者的反应相一致的现象。关于接受美学的读者分类可参考朴赞机等著《接受美学》，首尔：高丽院，1992，第61页。

像《李娃传》这样的传奇在唐代曾被用来作为求取金榜题名的一种手段。唐代科举考试时，考官可以看试卷上考生的名字，为此，考生在考试前把自己写的诗或文章给考官看，以博取考官的赏识。像这样的请求纷至沓来，考生于是又写一些引人注目的文章。所以，像《李娃传》这样的传奇作为温卷的形式之一，开始流行起来。从这个意义上来讲，《李娃传》这类叙事传奇所反映的其实是当时的统治阶层的意识形态。这就是说，《李娃传》所反映的作者的意识不仅是作者个人的创作意识，而且可以说是唐代男性知识阶层的。

《李娃传》的读者，即唐代男性知识阶层对"生"中状元后，李娃不但不表功反而要离开他产生共鸣并赞叹不已。李娃对"生"这样说：

> 今之复子本躯，某不相负也……君当结媛鼎族，以奉蒸尝。中外婚媾，无自黩也。勉思自爱。某从此去矣。[1]

李娃就是这样帮助"生"取得了成功却毫不夸耀。默默无闻地帮助男性却不显耀自己的女性，正是唐代男性所设想的理想女性。更何况李娃又是绝色美女，做他们心中的理想女性更是当之无愧的了。

在中国叙事文学史上，传奇《李娃传》的名气到了唐朝以后也是经久不衰。做了汧国夫人的李娃的故事被改编为戏曲，深受广大读者的欢迎。人们对李娃的品德，即悔改过去错

---

[1] 鲁迅校录《李娃传》，载《唐宋传奇集》，齐鲁书社，1997，第69页。

误的态度、对"生"的精心照料、不显耀自己等,深受感动,认为她是当之无愧的汧国夫人。

三 被隐藏的李娃的欲望

以上本文分析了男性叙事《李娃传》的大体内容。男性叙事里的李娃是品德优秀的女子。改过自新以后,她所做的一切都得到社会的认可。她的身份不是妓女而是高官的夫人,被称为汧国夫人对她来说是实至名归的。

那么从这个观点出发,可以引出以下几个问题。妓女李娃在偶然遇到"生"的一瞬间真的是认识到了自己的过失而悔改的吗?李娃只是为了帮"生"恢复名誉而全力以赴的吗?李娃究竟想要的又是什么呢?

为了解释这一连串的疑问,本文将对《李娃传》的作者白行简进行一下分析。这样的分析为的是找出叙事中隐藏的部分以此来发现叙事中被隐藏的内容。这与《李娃传》即使是从男性作者的角度出发经改编而写成的故事,但其中必然存在男性作者不能抹去的痕迹和遗漏的部分相关。这与用笔使劲地在纸上写字后即使擦去写的字,在纸的后面写字人的痕迹却依然留在纸上是一样的道理。因此,本文既是要重新构想男性叙事《李娃传》中隐藏的李娃的真实故事并找出被男性作者隐藏了的女主人公的心声的过程,又是对女主人公真实欲望的一种揭露。

如上所述,作品中没有任何女主人公李娃的欲望的描述。并且对李娃骗了"生"并将其赶走的事也不追究。最后以李娃的悔过自新而简单地收尾。不仅如此,与男主人公再次相见后对李娃的突然变化，男性作者以改过自新一带而过，省略了对李娃态度的说明。

李娃是出于真心的同情男主人公，是真的因此而悔过自新的吗？当然，也不否定正如《李娃传》叙述的那样，李娃看到曾与自己朝夕相处了一年的男性的落魄样子，而产生了同情后悔的心理。并且，可以推测李娃的这种感情后来化为她照顾"生"的力量。但是，在这里绝不能忽视李娃曾经与男主人公同居过一年这一点。她对"生"的性格了如指掌，并有能力在感情上左右"生"。

《李娃传》的内容中，对看到李娃后一见钟情的"生"，"生"的朋友是这样对他说的：

> 李氏颇赡。前与通之者多贵戚豪族，所得甚广。非累百万，不能动其志也。①

从此可以看出李娃原来是以盈利为目的的妓女。这就是说李娃并不是不谙世事的纯洁天真的女性。通过长期的妓女生活，她知道怎样左右男人，怎样根据情况随机应变。

唐代像李娃那样的妓女一般年轻时都归她们的鸨母管。上了年纪后，她们就自己当鸨母或者还年轻一点的就去给别人当小妾。这是妓女们注定的命运。这些关于妓女的情况，唐代叙述妓女的作品有孙棨的《北里志》，其中的叙述如下：

> 妓之母，多假母也。亦妓之衰退者为之……皆冒假母

---

① 鲁迅校录《李娃传》，载《唐宋传奇集》，齐鲁书社，1997，第63页。

姓，呼以女弟女兄为之行第。率不在三旬之内，诸母亦无夫，其未甚衰者，悉为诸邸将辈主之。①

正如《北里志》所述，李娃上了年纪后可选择的路只有两条。用她所积蓄的钱去做鸨母或者去当被派遣到边远地方的将军的妾。据《李娃传》的内容可推断李娃与"生"再次相见时她的年龄已经二十多岁了。因为李娃曾对她的鸨母说过"某为姥子，迄今有二十岁矣。"按照一般唐代妓女四五岁被鸨母收养的事实来推测的话，李娃当时的年龄是二十五岁左右。那么上述《北里志》中说"妓女率不在三旬之内"，也就是说李娃做妓女只剩下五年的时间了。由此暴露出了隐藏在男性叙述中的别的内容，即与"生"再次相逢后，李娃态度的突变与她当时的处境是有关系的。

聪明的李娃是这样想的，现在尽管自己再美，随着岁月的流逝，美貌终究会不如从前，她年轻时众多男性对她的爱慕也不会长久。到那时，李娃只能选择当鸨母或去伺候派遣到地方的将军。因此，当偶然遇到了以前遭到自己抛弃的"生"的时候，李娃想与其去当鸨母或小妾不如留在"生"的身边。因为李娃已经对男主人公的性格非常了解，他清楚地知道生是很有才华的男性，并且出身名门。她想，如果自己好好地哄他、照顾他的话，"生"一定不会辜负自己的期望，金榜题名，不出意外的话，自己的身份就不只是鸨母或小妾而是高官的夫人。并且她也期待着看重名誉的"生"的家族，不会抛

---

① （唐）孙棨：《海论三曲中事》，载《唐国史补等八种：北里志》，世界书局，1968。

弃帮助自己儿子金榜题名的女性。

这只是试论,是假设。实际上李娃也可能不那样思前想后,而是无条件地真心照顾"生"。但是用试论中相同的方式来看《李娃传》的话,就会出现与以男性叙事的框架来解读《李娃传》时迥然不同的结论。即从悔过自新帮助男性的女性,体现儒教意识形态的女性——李娃变成了立足于社会性的性意识上的有提高自己身份的欲望的女性。因为李娃的真正欲望隐藏在男性叙事中不被识别的部分,这个部分只能通过抵抗愿意的读书或经典重构才能暴露。

唐代传奇还有一部与《李娃传》类似的以妓女为女主人公的题材的作品。那部作品也是士人所作,题为《霍小玉传》。《霍小玉传》与《李娃传》的故事情节相似,但《霍小玉传》与《李娃传》不同的是,后者的结局是喜剧性的,而前者的结局却是悲剧性的。这是由于《霍小玉传》中,女主人公对男方的态度的原因。妓女霍小玉与李娃不同,她要求男方与她结婚。不仅如此,男方金榜题名后抛弃她已经与大家闺秀成了亲,满怀怨恨的霍小玉死后,做了鬼继续折磨男方。结果《霍小玉传》中的男主人公精神衰落,无缘无故地折磨自己的妻子。[①]

读过《霍小玉传》和《李娃传》的读者一定认为男主人公的截然相反的结局是由于霍小玉和李娃的不同态度而造成

[①] 像这种男主人公变成了虐待狂的现象可以解释为,为了抵消因霍小玉而感到的罪恶感而形成的自我防御机制。这种行为是因男主人公的本能(Id)和超自我(Super Ego)间的差距而引起的巨大的压力,以及责备所带来的不安不加到自己身上而转移给了妻子或妾等第三者身上。因此,男主人公的虐待狂可以解释为了减少自己不安的一种投射。

的，并且在对不束缚男性的李娃的态度表示赞成的同时，认为毫无隐瞒地暴露自己欲望的霍小玉导致了男性身败名裂的后果。

实际上，纵观唐代的历史，妓女成了官僚夫人或得到汧国夫人这样名誉的事实是不存在的。但是唐代的男性作者和读者却相信做了汧国夫人的妓女的故事，并赞叹不已。因而，人们认为李娃不是一个妓女，而是值得所有女性学习的模范和榜样。她的真正的个人欲望被男性作者巧妙地隐藏了起来。

四 小结

本文不能完全相信作品中叙述的妓女李娃的故事。她的话、她态度的突变，以及她成了高官贵族家的儿媳妇后，后来上天所赐予的吉祥的征兆等都值得推敲。不仅如此，而且对她生了四个儿子并把他们全部培养成了高官，自己被封为汧国夫人也表示怀疑。如果像李娃那样工于心计的妓女，帮助她曾经抛弃过的男性是事实的话，那么其中一定有李娃自己的理由、算计和欲望，并因此笔者展开了上述论述。

前面已经提到过《李娃传》到了唐代以后一直是一部经久不衰的作品，到了中国明代被改编为《玉堂春落难逢夫》[①]的小说，到了17世纪的朝鲜被翻编为《王庆龙传》。

[①] 《玉堂春落难逢夫》介于《李娃传》和《王庆龙传》两部作品的中间，这部作品没有像《王庆龙传》那样强调女性的贞节。妓女主人公与男主人公分手是由于鸨母的计谋，这一点又与《李娃传》不同。有关《玉堂春落难逢夫》和《王庆龙传》，参照《唐代传奇〈李娃传〉的转用——朝鲜汉文小说〈王庆龙传〉》。

朝鲜小说《王庆龙传》基本上是按《李娃传》的构造而写的，但在几个方面却有明显的差异。首先，《王庆龙传》中的女主人公没有与鸨母串通而抛弃男主人公，而是描述了在赶走身无分文的男主人公的鸨母面前无可奈何的哭泣的女主人公的形象。并且在《李娃传》中没有提到过的女主人公的性方面的纯洁，在《王庆龙传》中得到强调，即《王庆龙传》中的女主人公在与男方分手后，不断地反抗想得到她的有钱的男人和鸨母的计谋，一直坚守贞节。像这样作品的特征可以看做由于《王庆龙传》的叙述中介入了男性意识形态的原因。这是在经历了"万历朝鲜战争"（1592～1598）与"丙子胡乱"（1636～1637）的朝鲜，为巩固立足于儒教社会秩序的社会氛围相衔接而发生的。因而《王庆龙传》描述了另外一种男性作者所改编的女主人公的面貌，并且在叙事中女主人公的欲望仍然被隐藏了。

原文发表于四川省社会科学院主管，《社会科学研究》2004年第4期，收入本书时有修改。

唐代传奇《李娃传》的转用
——朝鲜汉文小说《王庆龙传》

一 引言

　　为什么唐代传奇《李娃传》这么长时间以来一直受到读者的青睐呢？原因是美丽的妓女李娃和男主人公的爱情故事中隐藏着让人意想不到的转折。起初，妓女李娃和鸨母串通一气甩开财物尽失的男主人公。从她身上找不出对男主人公的一点同情和迷恋。因为李娃只是一个追求利益的妓女。但是，日后李娃偶然见到沦为乞丐的男主人公后就改过迁善了。正是从这一部分开始，《李娃传》开始有了转折。曾经追求钱财和利益的妓女李娃一直照料男主人公，使他考中了状元。但是却对深受感激的男主人公说，自己是卑贱的妓女，不能做正室夫人，要主动退让。看到李娃的做法后，男主人公一家更受感动，迎娶李娃为正室夫人，之后李娃一直精心伺候公婆，把儿子培养得非常优秀，最终被封为汧国夫人。

　　美丽的妓女改过迁善、妓女的献身以及男主人公的立身扬名、由卑贱妓女的身份变为汧国夫人等，这些都是转折的连续。这些事情在当时都是不可能的，所以才更能受到读者的喜爱。

《李娃传》中并没有详细描述李娃为什么忽然改过迁善，对男主人公献身。但是喜爱《李娃传》的唐代的男性读者们分明是希望妓女李娃改过迁善的。如此，叙事就根据当时社会和文化的不同而改变并被兼容。① 由此唐代传奇《李娃传》由于唐代男性读者的叙述而改变了形态。之后，冯梦龙的《玉堂春落难逢夫》根据明代社会和文化而改变。并且这个故事传到了朝鲜半岛，经过朝鲜式的转用，变成了新的小说《王庆龙传》。由此，本文将考察唐代传奇《李娃传》是怎么经过《玉堂春落难逢夫》后而变成朝鲜小说《王庆龙传》的。这个过程中将研究三部作品间的异同，并说明朝鲜小说《王庆龙传》的特征。

二 唐代传奇《李娃传》和明代《玉堂春落难逢夫》的比较

这两部作品的共同点都是讲美丽的妓女和身份高贵的男主人公的爱情故事、女主人公的献身和男主人公的立身扬名。除了男女主人公的名字由李娃、荥阳公的儿子变为玉堂春和王景隆以外，唐代传奇《李娃传》和明代冯梦龙的小说《玉堂春落难逢夫》还有下面几点不同。

第一，在描写与财物尽失的男主人公分开的场面的时候，《李娃传》中李娃和鸨母串通甩开了男主人公。这部分女主人公李娃是以只追求利益的妓女的本来面貌出现的。她对男主人

---

① 西方叙事学中把这种兼容称为转用（Appropriation），转用并不单纯是借用作品的形态，而是带有某种意图，通过活用作品的形态来创作出新的内容。

公并没有半点同情和爱情。

  他日，娃谓生曰："与郎相知一年，尚无孕嗣。常闻竹林神者，报应如响，将致荐酹求之，可乎？"生不知其计，大喜。乃质衣于肆，以备牢醴，与娃同谒祠宇而祷祝焉，信宿而返。策驴而后，至里北门，娃谓生曰："此东转小曲中，某之姨宅也。将憩而觐之，可乎？"……食顷，有一人控大宛，汗流驰至，曰："姥遇暴疾颇甚，殆不识人，宜速归。"娃谓姨曰："方寸乱矣。某骑而前去，当令返乘，便与郎偕来。"生拟随之，其姨与侍儿偶语，以手挥之，令生止于户外，曰："姥且殁矣，当与某议丧事以济其急。奈何遽相随而去？"乃止，共计其凶仪斋祭之用。日晚，乘不至，姨言曰："无复命，何也？郎骤往觇之，某当继至。"生遂往，至旧宅，门扃钥甚密，以泥缄之。生大骇，诘其邻人。邻人曰："李本税此而居，约已周矣，第主自收。姥徙居，而且再宿矣。"征徙何处，曰："不详其所。"生将驰赴宣阳，以诘其姨，日已晚矣，计程不能达。乃弛其装服，质馔而食，赁榻而寝。生恚怒方甚，自昏达旦，目不交睫。质明，乃策蹇而去。既至，连扣其扉，食顷无人应。生大呼数四，有宦者徐出。生遽访之："姨氏在乎？"曰："无之。"生曰："昨暮在此，何故匿之？"访其谁氏之第。曰："此崔尚书宅。昨者有一人税此院，云迟中表之远至者。未暮去矣。"生惶惑发狂，罔知所措，因返访布政旧邸。①

---

① 鲁迅校录《李娃传》，载《唐宋传奇集》，齐鲁书社，1997，第65~66页。

但是，与此相比，明代的《玉堂春落难逢夫》却是另外一种情节。女主人公玉堂春给已经沦为乞丐的身无分文的男主人公二百两银子。

> 玉姐叫声："哥哥王顺卿，怎么这等模样？"两下抱头而哭。玉姐将所带有二百两银子东西，付与叁官，叫他置办衣帽买骡子，再到院里来：你只说是从南京才到，休负奴言。二人含泪各别。①

并且，玉堂春嘱咐他用那笔钱用功读书来科举及第。之后，玉堂春的鸨母逼迫并欺骗玉堂春，把她卖给了一个叫沈洪的商人。但是玉堂春反而不能忘记王景隆，一直等着他立身扬名。

第二，《李娃传》中，李娃再次见到男主人公后，对过去的日子感到后悔。之后，李娃为了让男主人公科举及第一直照料他，最终自己被封为汧国夫人。与此相比，《玉堂春落难逢夫》中，王景隆科举及第后成为官僚，救了蒙受杀人罪名的玉堂春，并迎娶她为第二任夫人，两人幸福地生活在一起。这两部作品的区别是，和《玉堂春落难逢夫》的女主人公玉堂春相比，《李娃传》的女主人公李娃是一个更加具有自我主动性的人物。赶走男主人公的那个场面，李娃主动参与了，而玉堂春是被鸨母骗了，没有办法才赶走男主人公的。再次相见的男主人公在科举及第的过程中，李娃在男主人公身边一直帮助他科举及第，而《玉堂春落难逢夫》中的

---

① （明）冯梦龙：《玉堂春落难逢夫》（第24卷），《警世通言》，人民文学出版社，2007。

男主人公却和玉堂春相隔两地,他是自己学习的。并且那段时间,玉堂春被关在监狱里,小说描写的是玉堂春思念男主人公的样子。

如上文所述,内容上的差异基于唐代和明代的文化差异。对于女性的贞节不那么看重的唐代文化,使妓女李娃没有必要对男主人公献身。对于追求利益的妓女来说,最重要的不是对男主人公的爱情而是财物。但是儒教意识形态深入人心的明代社会并不一样。虽然是妓女,女主人公对男主人公的爱情也应该忠贞不渝。这也是男女二人之间的爱情可以持续的根本条件。有趣的是,唐代传奇中妓女李娃和男主人公再会之后,忽然后悔过去的日子,开始献身,悉心照料男主人公。作者认为,在这一点上,男性士人把李娃的故事转用了。

> 将之官,娃谓生曰:"今之复子本躯,某不相负也。愿以残年归养老姥。君当结媛鼎族,以奉蒸尝。中外婚媾,无自黩也。勉思自爱。某从此去矣。"生泣曰:"子若弃我,当自到以就死。"娃固辞不从,生勤请弥恳。①

如此,曾经追求利益的妓女为了使一个男子立身扬名而全心全意照料他,等男子立身扬名以后,反而为了男人出人头地而主动退让。这种做法在唐代以后的儒教文化中,深受男性读者的喜爱。由此,妓女和准备科举考试的男主人公这部分可以说是转用了唐代传奇《李娃传》中改过迁善使男主人公科举及第的妓女的故事。实际上,唐代社会中,没有任何记录说一个

---

① 鲁迅校录《李娃传》,载《唐宋传奇集》,齐鲁书社,1997,第69页。

小小的妓女被封为汧国夫人。即妓女李娃成为汧国夫人并不是真实的事情，而是当时男性读者们心里所希望的结局。而《玉堂春落难逢夫》中对男主人公献身的妓女玉堂春成为男主人公王景隆的第二任夫人，和王景隆的第一任夫人刘氏也相处融洽。

公子说："我父母娶了个刘氏夫人，甚是贤德，他也知道你的事情，决不妒忌。"……到了自家门首，把门人急报老爷说："小老爷到了。"老爷听说甚喜。公子进到厅上，排了香案，拜谢天地，拜了父母兄嫂。两位姐夫姐姐都相见了。又引玉堂春见礼已毕。玉姐进房，见了刘氏说："奶奶坐上，受我一拜。"刘氏说："姐姐怎说这话？你在先，奴在后。"玉姐说："姐姐是名门宦家之子，奴是烟花，出身微贱。"公子喜不自胜。当日正了妻妾之分，姊妹相称，一家和气。①

如上，明代《玉堂春落难逢夫》中安排的始终对男主人公献身的妓女玉堂春的结局就比较现实。妓女成为男主人公的第二任夫人，和对此并不妒忌的第一任夫人也相处融洽。和唐代传奇《李娃传》相比，《玉堂春落难逢夫》的这种结局更能反映明代的社会现实，可以说是一种转用。

三　朝鲜的翻版小说《王庆龙传》

唐代传奇《李娃传》传入朝鲜半岛的时间并不确定，但

---

① （明）冯梦龙：《玉堂春落难逢夫》第24卷，《警世通言》，人民文学出版社，2007。

是《三国史记》（1145）、《三国遗事》（1281）、《高丽史》（1449~1451）等已经有关于《太平广记》的记载了。由此推测，《太平广记》里收录的《李娃传》是在高丽1145年之前传来的。并且进入朝鲜以后，《太平广记》也是知识分子阶层在阅读。朝鲜柳梦寅（1559~1623）的《於于野谈》（约1622年）中提到："朝鲜文人们全部都学习了《太平广记》。"为了看不懂汉文的一般读者和女性，朝鲜明宗时期（1545~1567）《太平广记》被翻译成了韩文。由此可以推断，《太平广记》被当时朝鲜的广大读者阅读，其中收录的《李娃传》对朝鲜的读者来说也并不陌生。

对于《玉堂春落难逢夫》何时传入朝鲜半岛并没有记录。但是，在朝鲜1762年尹德熙（1685~1776）的《小说经览者》中有关于《警世通言》的记录。从这一点来看，在这之前《玉堂春落难逢夫》已经传入了朝鲜。当时在朝鲜，有很多按照朝鲜的文化和读者的嗜好来改编中国小说的。比如说，作者和年代未详的《啖蔗》就是把收录在"三言"和《拍案惊奇》中的作品改写成文言文的一部作品。① 朝鲜时代，人们已经对《李娃传》比较熟悉，《玉堂春落难逢夫》也传入了朝鲜，那时把中国小说改编成朝鲜风格的这种行为也比较广泛。由此可以说，朝鲜的翻版小说《王庆龙传》就是受到这种氛围的影响而写成的。

《王庆龙传》的作者不详，这部作品是用文言文写成的。《玉堂春落难逢夫》是用白话文写成的。两者比较来看，《王庆龙传》的作者和读者都是文人阶层。这部作品的内容和唐代

---

① 关于这一部分在下面的论文中有详细说明。崔溶澈《韩国所藏中国小说资料的发掘和研究》，《中国语文论丛》1997年第10期。

传奇《李娃传》相比,更类似于明代的《玉堂春落难逢夫》。作品中的时代背景由正德年间(1506~1521)改为嘉靖年间(1522~1566),男主人公的名字改为王庆龙,女主人公妓女的名字变为玉丹。朝鲜汉文小说《王庆龙传》最大的特点是,与《李娃传》和《玉堂春落难逢夫》相比,女主人公以一种标榜儒教意识形态的存在而出现。《李娃传》中并没有提到妓女李娃是否对男主人公坚守贞节这一点。男女主人公的第一次见面是偶然经过鸣珂曲的男主人公被李娃的美貌所迷醉,故意把马鞭掉在地上,表达方式非常露骨。

> 有娃方凭一双鬟青衣立,妖姿要妙,绝代未有。生忽见之,不觉停骖久之,徘徊不能去。乃诈坠鞭于地,候其从者,敕取之。累眄于娃,娃回眸凝睇,情甚相慕。竟不敢措辞而去。①

《玉堂春落难逢夫》中男女主人公的第一次相遇并没有《李娃传》那么露骨。但是鸨母一说新来的公子很有钱财,女主人公玉堂春就马上打扮好出去见公子了。

> 老鸨不听其言,走进房中,叫:"三姐,我的儿,你时运到了!今有王尚书的公子,特慕你而来。"玉堂春低头不语。慌得那鸨儿便叫:"我儿,王公子好个标致人物,年纪不上十六七岁,橐中广有金银。你若打得上这个主儿,不但名声好听,也勾你一世受用。"玉姐听说,即

---

① 鲁迅校录《李娃传》,载《唐宋传奇集》,齐鲁书社,1997,第63页。

时打扮，来见公子。①

李娃和玉堂春的这种行为是妓女本来的样子。然而朝鲜小说《王庆龙传》的女主人公玉丹却以另外一种形象出现。鸨母命令她招待客人时，她的态度如下。

> 庆龙就寝，将欲相押。玉丹辞之甚紧曰："妾之违命，有意存焉。若欲强狎，有死而已。"龙疑问其故，丹太息而答曰："妾素以良家子，早失怙恃，又无亲戚可依者。率一少婢，行乞于邻。此家娼母，察我才儿，取以子之，正为今日取直之利耳。故使妾得至于此。然妾尚慕汝坟之贞操，每恶河涧之淫节。今若一媚公子，誓不再事他人，恐公子以我为路柳墙花，而一折永弃，故不敢从命焉。"②

如上文所述，妓女玉丹的态度是根据朝鲜文化转用的。虽然她的身份是妓女，但是她的行为却不像妓女。作品中，玉丹的这种态度是她为男主人公守身如玉的根据。并且玉丹虽然离开了王庆龙，但是为了他的学业，玉丹像良家女一样说了下面一番话。

> 须展丈夫之壮志，勿顾儿女之深情。妾亦随君潜去，则或恐事泄，而吾家主母致责于君。而况公子家有法，礼严仪肃，大人见贱妾，岂谓之可畜也？公若与妾久留，则

---

① （明）冯梦龙：《玉堂春落难逢夫》（第24卷），《警世通言》，人民文学出版社，2007。
② 〔朝鲜〕《王庆龙传》，载《校勘本韩国汉文小说》，高丽大学校民族文化研究院，2007。

又恐计谬,而公家大人,积怒于妾,而况娼家多欲,利尽情疎,主母待公子,安保其如初乎?为公子计,莫如怀彼未尽之重宝。悟其将半之迷途,还乡省亲,读书勤业,妙年科第,早得当路事君,则公有立扬之誉,妾遂团圆之约矣。公去之后,妾当为守死,以待后期。妾之愚计,固如是也。高明所量,以为何如?①

"公子归觐之后,专意读书,异日登第,得刺此州,则是妾相逢之日。不然,见妾难矣。妾则当以死秉节,誓不再媚他人。"龙计娼母必夺玉丹之志,丹必守以死之约,然则平生不得重逢。乃扣玉丹,泣而告之曰:"娘子之誓不媚人者,可谓至矣。其如主母强胁,何?""然则必有死而后已。""人生一死之后,安得复见?不如降志屈节,以遂他日重逢约。娘子无以吾言忽之,以副志愿。"丹曰:"忠不事二,贞岂独异?若有权道,则固不可徒死,至欲相卖,则有死而已,不可从也。"②

通过上文可以看出,妓女玉丹已经表现出烈女的样子了。这一部分也是最受朝鲜汉文小说《王庆龙传》的作者和读者喜爱的部分。当时朝鲜社会在经历了"万历朝鲜战争"(1592~1598)和"丙子胡乱"(1636~1639)之后,为了重振紊乱的朝纲,更加巩固了儒教意识形态。比如,17世纪光

---

① 〔朝鲜〕《王庆龙传》,载《校勘本韩国汉文小说》,高丽大学校民族文化研究院,2007。
② 〔朝鲜〕《王庆龙传》,载《校勘本韩国汉文小说》,高丽大学校民族文化研究院,2007。

海君九年（1617）时，为了以儒教秩序整顿朝鲜社会，倾注国力编纂了《东国新续三纲行实图》。这本书收录了抵抗外敌、坚守贞节的女性，并尊奉她们为烈女。之后，朝鲜社会意识形态的加深巩固更加体现在女性身上。不管是士族还是平民都不允许再嫁，甚至是在没有举行婚礼的情况下，即使订婚了，如果男方去世的话，女性也得去男方家里一辈子守寡。由此，在这种朝鲜社会和文化中，翻版小说《王庆龙传》的女主人公以烈女的形象出现是理所当然的。

和《李娃传》以及《玉堂春落难逢夫》相比，《王庆龙传》中插入了很多诗和词。

江有梅，山有竹，清标肯同凡卉。
春不开，秋不落，贞姿谩托荒苔。
疎枝霜后清，寒蕊雪中香。
寄语寻芳客，莫比花柳场。

上面的歌谣中，玉丹把自身比作竹子和四君子，体现出一种不要像对待妓女一样对待自己的意思。通过插入诗和词来展开故事的这种做法论证了《王庆龙传》并不是给平民阶层读的书。这一点不但可以证明《王庆龙传》的作者和读者是可以赏读难解的汉文诗、词的有识之文人，也是玉丹不和其他作品一样，而是以烈女的形象出现的理由。

《王庆龙传》中，女主人公的形象在结局部分也被刻画为追求儒教礼仪的人物。王庆龙在等待玉丹的时候，虽然和名门之秀结为夫妻，但是没有和她同床共枕过一次，而是为了玉丹想把她赶出去。而玉丹却说了下面这番话来说服王庆龙。

庆龙登第之后，迫于阁老之命，聘冠盖族氏女为妻，而以念丹之故，一不曾同寝，截若他人焉。至是，欲去其妻，将以玉丹为妇，丹敛衽起拜曰："娼家贱质……况见内子，贞操雅态，甚合家母。公子若复离而黜之，彼家父母，必夺其志，然则内子之不欲事于他人者，犹玉丹之不欲媚于赵贾也。以我方人，诚甚怜恻，若离内子，妾亦当退。"景龙感其言，遂不逐之。厥妇亦感玉丹之恩，待之如姊妹。①

玉丹的这种形象已经看不出妓女的形象来了。唐代《李娃传》中塑造的妓女主人公经过明代《玉堂春落难逢夫》到朝鲜《王庆龙传》后，就已经变为烈女形象了。这是根据渴望追求理想的价值，即女性的贞节的《王庆龙传》的作者和读者的意愿，经过朝鲜式的转用而作的。

四 结论

《李娃传》经过高丽时代，在朝鲜时代传入的时候，对读者来说已经并不陌生了。尤其是身份卑微的妓女帮助男主人公科举及第的内容对朝鲜的文人们来说是非常具有吸引力的，因为他们最终的目标就是科举及第。比如说，据推测从1664~1760年间刊行的《删补文苑楂橘》中以"汧国夫人"的题目收录了和《李娃传》内容相同的小说。由此可以发现，《李娃传》在朝鲜受到了广大读者的喜爱。

---

① 〔朝鲜〕《王庆龙传》，载《校勘本韩国汉文小说》，高丽大学校民族文化研究院，2007。

严格来说，朝鲜有很多作品继承了《李娃传》独有的故事情景，而不是《玉堂春落难逢夫》的。1869 年编纂的野谈集《东野汇辑》的《涉南国蓡商权利》只活用了《李娃传》前半部分的故事情节，而没有用《玉堂春落难逢夫》的。因为《李娃传》中，妓女李娃甩开财物尽失的男主人公的情形对朝鲜读者来说具有很大的冲击性，但同时也可以引发小说的趣味。并且 1876 年出版的《月下仙传》①讲的是女主人公妓女月下仙坚守贞节，帮助男主人公科举及第后被封为贞烈夫人的内容。和这本书合本的《汧国夫人奇行录》是唐代传奇《李娃传》被翻译为韩文的作品。这部作品中把女主人公称为"美人"，并没有提到她不好的一面。

通过这种例子可以看出，朝鲜小说作家们把《李娃传》视作最标准的妓女故事的模式。在这种基础上，《玉堂春落难逢夫》的曲折的故事情节为朝鲜式的转用提供了素材。由此，《王庆龙传》这部作品可以说是使用《李娃传》中已经熟悉的妓女故事和《玉堂春落难逢夫》的叙事展开方式，在朝鲜独有的文化背景下作成的。

原文发表于 2011 年 3 月在广州暨南大学开的《跨文化视野下中国古代小说学术研讨会论文集》。收入本书有所修改。笔者一直想英语"Appropriation"是否等于中文"转用"、"挪用"。当时会场的学者为了笔者热烈参与讨论"Appropriation"的正确的中文翻译。在此，向学者们表示特意感谢。

---

① 《月下仙传》，19 世纪朝鲜韩文本，韩国高丽大学所藏本。内容与《王庆龙传》相似。

幻想·性别·文化
韩国学者眼中的中国古典小说

唐代传奇《李娃传》的转用：图片是韩国高丽大学校所藏《月下仙传》的封面。

牢不可破的经典及其谱系
——东亚书写女性的历史

他们无法表述自我,只能靠别人代言。

——卡尔·马克思

一 引言

  曾极力呼吁人类解放的卡尔·马克思将西方殖民统治下的东方看作无法表述自我的从属的存在,他以这种观念面对西方人对东方的支配方式及其思考方式,还对此进行了一番"合理"的解释。他对东方社会的种种观点后来不仅成为西方人捏造和随意诠释东方的理论依据,还成为一种牢不可破的理论经典。但是马克思曾谈论过的殖民地东方如今发生了巨变,东方已不再是他曾说过的那无法表述自我的存在。如今的东方与马克思时代的东方决然不同,许多西方殖民地已不复存在。那我们是否就可以说在地球上"东方主义"(Orientalism)已不再有效了呢?是否可以说在地球上被他人支配的殖民对象已消失了呢？

　　虽然东方已不是从前那个任人欺辱的东方，许多西方殖民地也已销声匿迹，但地球上仍存在一个苦盼独立的殖民对象。她长期以来都被剥夺自我、被彻底地"他者化"、被他人所规定，这个如同东方主义所规定的殖民地东方似的存在，她的名字叫"女性"。在漫长的岁月流逝中，女性一直承受着男性的支配，她是另外一种意义的殖民对象。女性始终都无法为自我"发言"，她只能按照男性社会历史和时代的要求，为谋求男性集团的利益，作为男性权力的再现者而存在。做男权再现者的女性，这是男性心目中最理想的女性形象。不仅如此，作为男权的再现者，这些理想中的女性完好无缺地承接了男权固有的权威，而有关她们的故事则形成控制和支配其他女性一生和价值观念的、牢不可破的权威论谈。这种人为的、支配女性的论谈，尤其是支配东亚女性的论谈点始于汉代一位叫作刘向（公元前77年～公元前6年）的男性所写的《列女传》一书。此书是形成中国传统女性观的强有力的文献资料，它记载了男性心目中追求的女性。《列女传》行使的权力不仅束缚了女性，还树立一种典范的女性观扎根在男性的观念中，它成为一种权威性的话语支配了历代的女性观。《列女传》的这些特点使它超越汉代形成了庞大的谱系。《列女传》所标榜的女性形象在历代正史中以女性列传的形式确立了下来。如上文提到的那样，女性一直都是作为历史和时代所要求的男性权力的再现者而存在，男权在此运作了包含和排除的原则。权力原本就是按照时代的要求变换其形态的，某一时代包含在内的要求项目，转到另外一个时代就有可能被排除。也就是说，女性形象作为一种牢不可破的意识形态的组合体，它在被书写的过程中随着针对女性的权力关系的变化而发生变化,即某一时代推崇的理想的女性形象转到另外一个时代就有可能不再受青睐。

刘向的《列女传》最早揭示了中国的传统女性观,本文通过分析研究《列女传》及其谱系,来考察包含与排除的原则是如何被运作的。在这些谱系中首先将焦点放在正史中的女性列传,考察历代正史列传都重视了女性的哪些品德修养。如果这些品德修养之间存有差异,那它们所依据的标准又是什么;本文还将考察《列女传》所形成的另外一支谱系,如以女性的声音讲述的另外一种《列女传》,即女诫文学,分析比较它和其他《列女传》之谱系都有哪些差异;本文还将分析明清时期《列女传》的模拟作,渐次查清《列女传》谱系的脉络。刘向《列女传》的谱系并不局限于中国,它将儒家的传统观念传播到了周边国家,它在朝鲜时代也产生了影响。朝鲜女性的典范形象虽置身于刘向谱系的边缘末梢,但却以烈女的形象表现出极端压抑本能的特点,彻底地体现了男性中心主义的支配形态。

在本文的论述过程中,读者将看到男性书写列女的策略在不同的时代是如何按照包含和排除的原则变换其形态的。同时我们会发现这种变换只是随时代迁移而发生的书写形式上的变化,而不是列女在本质上所发生的变化。列女从未改变过作为男权再现者的自身形象,从未以自我独立的形象存在过。

二 牢不可破的原典:刘向的《列女传》

《列女传》名副其实写的是关于各类女性的传记。确切地讲，是汉代一位叫作刘向的统治阶层的男性按照自己的意图将女性分成若干类型并加以记述的传记汇编。刘向将女性分成七种类型，其中六类是女性必须要学习的榜样，另外一类是须警戒的、绝不可效仿的女性形象。

刘向编撰《列女传》的目的跟汉成帝（公元前32年~公元前7年在位）宠爱后宫赵飞燕有密切的关系。皇帝的后宫赵飞燕依仗皇上的宠爱胡作非为、淫辱朝廷，还招进自己的妹妹同谋杀害了其他嫔妃以及她们所生的皇儿。刘向作为皇家后裔无比担忧朝廷的纲纪紊乱，于是执笔编撰《列女传》以训导女性具备妇德，提醒皇上觉悟。对于刘向这一企图通过女性教育来拨乱反正的编撰意图，班固（公元前32年~公元前92年）在《汉书·楚元王传》中记载如下：

> 向睹俗弥奢淫，而赵、卫之属，起微贱逾礼制。向以为王教由内及外，自近者始，故采取诗书所载贤妃贞妇，兴国显家可法则，及孽嬖乱亡者，序次为列女传，凡八篇，以戒天子。

可见，刘向之所以将导致时局混乱的原因跟女性的作用紧密地联系在一起，这是因为刘向持有儒教观念。在他看来，女人支配皇上是绝不能接受和容忍的事情。他认为没有受过训导的女性会造成社会混乱，他企图将一切错误和责任转嫁到这类女性身上。刘向所分出的第七类女性《孽嬖传》中的恶女形象便是针对当时宫中的女人，为讽刺和批判她们而分出的类型。对于这一编撰意图，后人马端临在《文献通考·经籍考》

中记载如下：

> 汉承秦之敝，风俗大坏矣。而成帝后宫赵、卫之属，尤自放，自以谓王政必内始，故列古女，善恶以兴亡者，以戒天子，此向述作之大意也。

通过《汉书》及《文献通考》的这些记载，可知刘向编撰《列女传》的主要意图在于训导女性。而重要的是这部书为只局限在一个时代它所形成的女性观构筑起牢固的谱系，在以后的历史岁月中一直都行使了它强大的约束力。因此《列女传》成了牢不可破的原典，其谱系又进一步巩固了它所树立的传统女性观。

《列女传》之所以能作为强有力的原典自成庞大谱系发展下来，是因为《列女传》所体现的观念意识在儒教支配下的传统社会获得了极大的认同。并且《列女传》所分出的七类女性也为《列女传》成为经典著作发挥了重要的作用。刘向所揭示的女性类型是极为符合儒教女性观的典范形象。女性也为彻底接受并融入儒教观念支配的社会，而将这些女性形象铭刻在心。例如《后汉书·梁皇后纪》中记载，皇后总是将列女图张贴在左右以做榜样。另外，西汉时的武梁祠墙壁上画有列女的画像，这出自欲使祠堂主人死后也行列女之善行的意图。

刘向对女性形象所进行的分类工作，跟他的职业也有关系。刘向当时负责管理宫廷藏书馆，他奉命对宫里的藏书一一进行了整理、校勘和分类。刘向将历代的书籍分成若干类别，编写了一部书名为《别录》的图书目录集，他具备一种不凡

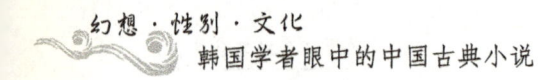

的能力，能够按照统治理念恰如其分地分出各种类型。他在《列女传》中分出的女性类型得到了统治阶层的充分肯定，这对《列女传》成为牢不可破的经典起了重要的作用。总之，《列女传》之所以能够成为原典并形成谱系是因为它建立在儒教思想支配下的社会基础之上，并且刘向个人的才华也发挥了重要的作用。以此为背景，《列女传》得到了传统社会的普遍认同，树立了自身的权威。《列女传》所揭示的品德修养成为一种要求和标准，被用来教育和训导女性，不合乎这一标准的女性则会遭到批判和斥责。

三　原典的谱系（Ⅰ）：正史中的女性列传

原典《列女传》所行使的权力在最为正式的文献中记载，即各个时代的正史中以列女列传的形式形成了谱系。前面提到过，随着时代的变迁，对于女性的认识也会发生变化，其中还不断运作着包含和排除的原则。下面将考察正史女性列传谱系中，列女类型是怎样演化的。但我们不能忘记这一点，即任何情况下包含和排除的原则都丝毫没有损害原典的牢固性。

1. 共存的品德修养

中国历代史书中最早记载女性列传的史书是南宋范晔编撰的《后汉书》。范晔将《后汉书》之前的史书未曾记述过的党锢、文苑、宦者、独行、方述、逸民、列女等传记重新进行整理和描述并写进《后汉书》当中，并在各个传记的开头写下序文阐明了立传的意图。范晔之后历代正史的编撰者们都效仿《后汉书》在传记开头处写下了序文。

范晔在《后汉书·列女传》的序文中如下表明了列女的选取标准：

> 探次才行尤高秀者，不必专在一操而已。

实际上，当考察《后汉书·列女传》所记录的女性类型，我们会发现传记中不仅有守贞节的女性还有才学出众的女性，如班昭、蔡琰等人；还有能言善辩的袁隗之妻等；还有赡养公婆、孝敬本家父母的女性。例如为了替亲生父亲报仇，卧薪尝胆十余年终于如愿以偿的庞育的母亲，以及因未寻到生父的尸体，便不惜留下幼子，自杀身亡的叔先雄等女性。可见《后汉书·列女传》所标榜的列女的品德修养不仅只包含着贞节，其中还有各类价值观。从中我们还可以看到"孝"之核心并不以男系为主。

《后汉书·列女传》标榜的关于女性的各种品德修养在《晋书·列女传》中也依然有效。《晋书》为北齐魏收编撰的史书，书中《列女传》所标榜的女性的节操也仅是各种品德修养中的一项而已。书中标榜的典范的女性形象不仅有文笔出众的女人窦滔之妻苏氏，还有能骑善射的符登之妻毛氏、精通音律的段丰之妻慕容氏等。《魏书》也和《晋书》一样，记录了这些德才兼备的各种类型的女性形象。并且《魏书·列女传》的序文中明确阐明了将操守贞节、能言善辩、文笔出众、精通音律的各类女性作为列女的观点，这跟《魏书》与《晋书》同属一人之作也有关系。

可见，《后汉书》、《晋书》、《魏书》中记载的列女类型是多样的，她们具有各自不同的才华与修养。这跟刘向的

《列女传》不仅以妇女节操还以多种品德修养标准将女性类型化的方法同出一辙。而跟刘向的《列女传》不同的是删除了记述恶女的《孽嬖传》。《孽嬖传》在《后汉书》、《晋书》、《魏书》以后的正史列传中都不见踪迹。这是因为刘向的《列女传》和正史女性列传在书写形式上具有一定的差异。也就是说,刘向的《列女传》取的是"杂事杂传体"形式,而非以正统史书的立场编写。而正史中的女性列传丝毫都不能弄虚作假,必须要依照事实真实地记录下来。《隋书·经籍志》也写道:"刘向典校经籍,始作列仙、列士、列女之传,皆因其志尚,率尔而作,不在正史。"正如上文提到的那样,刘向之所以编写《列女传》是因他目睹了赵飞燕姊妹奢侈、恶劣的行径之后,为引起警诫而编写的。刘向在记述《孽嬖传》时也是针对赵飞燕姊妹的行径,在传中掺入了自己个人的好恶情感和思想倾向。但是正史列传却不能这样写,正史列传不是个人创作的作品,它以如实记录一个国家的历史为目的,因此不允许掺杂个人感情。而且正史不仅只为那些符合统治者所追求的教化目的的人物立传,还必须要记录当时的实际人物。

2. 压迫的阴谋

中国在隋、唐时期一方面维持传统礼教,另一方面非常注重国家的实际利益。在思想方面儒道释的影响比较均衡,而在政治上体现了以儒教为中枢,力图富国强兵的统治理念。因此隋唐的社会氛围在儒道释的影响之下分为公、私两大领域。尤其在唐代作为尊崇老子的一项国策,道教被推崇为国教,而来自西域的佛教又在民间广泛普及,可以说儒道释贯穿了社会生活的各个领域。在公领域里为有效地统治扩大了的国家,儒教发挥了空前重大的作用。而在私领域里道教和佛教占有优势。儒道释也给女性带来了双重的影响。即女性在私领域里受唐代那佛道影响下的华丽、奔放的社会氛围的影响享受着以往任何朝代都未曾允许过的自由。唐代还在一定范围内允许女性进行社会活动。暂且不提中国历史上第一个女皇帝武则天（684～705），仅就当时出现的跟宫廷有关的道家女弟子——"女道士"阶层来说，就可知当时的社会是如何开放的了。

但唐代女性生活并不是在方方面面都呈现出自由和开放态势的。在公领域里女性依然居于次要的地位，并且扩大了的国家为巩固和加强其统治，加紧了对女性的思想束缚，儒教的禁锢逐步向强调女性贞节方向发展，它成了统治国家的一个重要环节，发挥压迫女性的作用。这种压迫女性的阴谋在国家的正式文献即正史的女性列传中得到了证实。唐代魏征编撰的《隋书》就明确地阐明了这种强调女性贞节的观念，序文中这样写道：

> 妇人之德，虽在于温柔，立节垂名，咸资于贞烈。温柔仁之本也，贞烈义之资也。

在《旧唐书·列女传》序文中也称赞了忠贞不贰、至死不渝的列女，还写明了编撰意图，即因王朝末代社会风气靡乱，妇女行为多有不轨所以立传。

《隋书》和《旧唐书》序文中也都强调了女性的贞节，正如上面记述的那样，这跟巩固和强化国家统治有关。为有效地运作支配体系必须要具备维持秩序的基本条件，于是就加强了对于女性节操的束缚。但跟公领域的这种情况不同，在私领域里女性的贞操问题没有发挥多大的作用。虽然在公领域里无比重视操守贞节这一妇德，但在实际生活中对唐代女性来说贞操只是一种社会提倡的公德而已，而并不是必须要守贞节的。例如女性再婚在唐代是常有的事情，甚至皇上的女儿也可以毫无忌讳地改嫁，在唐代公主当中再婚的达25人之多，结过三次婚的公主还有三人。① 这说明在生活中女性的贞操并不是多大的障碍。另外还有一例说明这一点，即唐代传奇中的沈既济（750～800）《任氏传》在其结尾部分对当时的世态作了如下的评价：

> 嗟呼，异物之情也有人焉！遇暴不失节，徇人以至死，虽今妇人，有不知者矣。②

唐代传记的作者属统治阶层，他们同时也是读者，而传记并非国家正式的文献，因此能够反映未暴露在历史表面的一些问题。同时因为传记在本质上跟权力有关，所以能充分反映统治阶级固守的观念意识，这是传记的性质。因此传记中既有统治阶级心目中理想的女性形象，也有社会上实际存在的女性形象。《任氏传》的作者沈既济赞颂的忠贞不渝的狐狸任氏的形象便可以说是统治阶级心目中理想的女性形象。书中沈既济还提到任氏虽然是狐狸但其行为比人还要忠义，这说明当时社会不守贞节的女性大有人在。

当时的另外一篇传奇作品《谢小娥传》中也有关于贞操

---

① 董家遵：《从汉到宋寡妇再婚习俗考》，载《中国妇女史论集》，台北：稻乡出版社，1988，第139～164页。
② 鲁迅校录《任氏传》，载《唐宋传奇集》，齐鲁书社，1997，第21页。

的例证。《谢小娥传》是李公佐（约770~850）写的传奇作品，写的是谢小娥一家路遇盗贼，父亲和丈夫遇害，只有谢小娥幸免于难，以后她女扮男装度日，后来得到李公佐相助，终于报仇雪恨的故事。这一作品因作者李公佐和谢小娥同时登场，所以被当做真实故事载入《新唐书·列女传》，它是唐代最接近实录形式的一篇传奇。《谢小娥传》末尾记下的评语，高度称赞了谢小娥的行为：

君子曰："誓志不舍，复父夫之仇，节也。佣保杂处，不知女人，贞也。女子之行，唯贞与节能终始全之而已。如小娥，足以儆天下逆道乱常之心，足以观天下贞夫孝妇之节。"

上文立足统治阶级的立场，高度评价了谢小娥恪守贞节的行为，认为她具备女性最为可贵的品德，天下女性皆应以她为榜样。评语还教训了那些不具备谢小娥那种贞节观的女性。这是统治阶层大大强调女性贞节的又一佐证。

继隋唐之后宋代更以贞操为内容进一步强化了压制女性的阴谋。统治阶级从正统的儒教出发，另一方面大力强调贞节，另一方面强调儒教伦理观的身份制度。宋代欧阳修（1007~1072）在自己编撰的《新唐书·列女传》序文中提到：

女子之行，于亲也孝，妇也节，母也义而慈，止矣……至临大难，守礼节，白刃不能移，与哲人烈士争不朽名……今采尤显行者著之篇，以绪正父父，子子，夫夫，妇妇之懿云。

正如这篇序文提到的这样,到宋代就更为大肆宣扬和赞颂恪守贞节的女性,更为露骨地体现出束缚和压抑女性的阴谋。下面列举的《新唐书·列女传》中的一些记录反映了当时对于贞节的执著已超越了人之本性所能承受的极限。

> 坚贞节妇李者,年十七,嫁为郑廉妻。未踰年,廉死,常布衣蔬食。夜忽梦男子求为妻,初不许,后数数梦之。李自疑容貌未衰丑所召也,即截发,麻衣,不薰饰,垢面尘肤,自是不复梦。

对于上述内容,著名的中国学学者倪豪士(W. H. Nienhauser)谈道:"这一故事强调的是女性潜在的本能对于维持儒家思想支配的社会是一种极大的威胁。"[①] 也就是说,如果不以以贞操为内容的妇德束缚女性,那就很难维持儒教意识形态所支配的社会秩序。在强调女性贞操的社会里作为女性压抑性欲的代价,社会赋予这些女性赞誉。同时女性也拒绝承认自己拥有本能的欲望,只生存在别人造就并强加给她们的观念意识当中。例文中的李氏夫人也是一个为持守他人强加于她的贞节而尽心尽意的人,而自身的欲望只能在梦中发泄。但是儒家的贞操观念就连梦都不允许女性自由地去做。李氏夫人将自己的容貌弄得极丑,强制性地扼杀自己梦中都无法发泄的性的欲望,然后作为补偿,她得到了社会的赞誉。

宋初选取的列女中还可以列举《旧唐书·列女传》中魏

[①] 倪豪士:《唐代文学比较论集传记与小说》,台北:南天书局,1995,第60~61页。

衡的妻子王氏。《新唐书·列女传》亦在记录唐朝历史的宗旨下转载了《旧唐书·列女传》的大部分内容。而宋初的儒学家在《旧唐书·列女传》的内容中大胆地删除了一些在他们看来不合乎列女标准的人物。其中就有魏衡之妻王氏。魏衡的妻子王氏被敌将房企地强暴失身，迫于无奈与他一起生活，后来当王氏的丈夫魏衡率领军队来攻打房企地时，王氏趁房企地醉酒沉睡之际，砍下了房企地的头，为魏衡的军队攻进城区助了一臂之力。鉴于此，后来唐高祖还封她为崇义夫人。

  这位曾经堂堂正正记录在《旧唐书》中的列女，《新唐书》却把她删除了，原因何在？这是因为在当时宋人的眼里王氏被房企地强暴失身竟未去自杀，再加上房某虽然是强奸的元凶，但王氏毕竟跟他过了一段日子，作为妻子怎可对丈夫下毒手，这分明是扰乱社会伦理秩序的行为，因此在宋人眼里将王氏列入列女行列是极不合适的。通过筛选和调整，我们看到宋代初期压制女性的阴谋比前代更加强了。对列女的诠释也更以男性观念为主，而女性则被进一步排除在外。

  在正史不断强调女性贞操、实施压制女性的阴谋时，相反，在现实生活中直至宋代中期贞操仍未对女性行使多大的约束力，即贞操观念在实际生活中没有起多大作用，因此女子改嫁也还不是什么该指责的事情。宋初著名儒学家范仲淹（989~1052）的母亲就曾改嫁过。这跟后来再婚女子的儿女不能做官的情形可大不相同，甚至宋朝皇帝真宗（998~1022在位）的皇后刘氏在真宗之前曾有过丈夫。哲宗（1086~1100在位）曾有三位外祖父，哲宗在三位外祖父过世之后还追加了谥号。在中国文学史上为词学的发展作出重大贡献的李清照（1081~约1140）也是改嫁的女性。不仅如此，另据记载宋代正统儒学的代表人物程颢（1032~1085）的儿媳也是再婚的女人。可见，在实际生活中直至宋代中期贞操作为压迫女性的机制没有起多大的作用。也就是说，直至宋代中期女性贞操只是社会提倡的、女性可选取列女的条件之一，而并不是必须具备的品德修养。

宋史中记载列女的资料有《宋史·列女传》。此书也大加称赞了守节的女性。例如张氏奋死抵抗欲强暴自己的男性，自缢身亡。另外，朱氏为了反抗强迫她改嫁的父母也自杀身亡。书中记载张氏的出生地为鄂州，朱氏的出生地为开封，并且作为故事背景还经常写到武昌等地的地名，从这些情况看，她们应该是贞操观强化了的南宋时期的女人。这是因为宋代的儒教尽管是从宋初就开始逐步加强，但它达到支配和控制实际生活的方方面面，应该说还是南宋以后的事情。当然，《宋史》中的列女并不都是因为守节而被记录在册，如彭列女是因她勇猛而被写进史书。有一次她随父上山砍柴，眼看父亲要被老虎吃掉，她奋不顾身勇敢地挥刀扑上去杀死了那只老虎。《宋史》之所以能够记载这类女性的故事，是因为它是在游牧民族统治的时期——元代——写成的，元代的观念跟一味重视女性贞操的宋中期以后的观念性质不尽相同。也就是说，《宋史·列女传》尽管记录了宋代的女性楷模，但因《宋史》是游牧民族国家——元朝——时编写的，因此那些游牧民族的色彩或多或少地影响了列女的选取问题。尽管如此，这仅仅只是个别的例外而已，经过隋唐宋几代演变的列女观跟刘向的《列女传》相比，明显地朝重视贞操的方向发展。以贞操观念束缚女性的阴谋也一步步实施开来。但阴谋尚未完全得逞，其影响力也没有获得文献记录所期待的效果。

3. 丰富的女性活动原理

如果权力发生变化，那实体也随之发生变化，对于事物的认识也会发生变化。不仅如此，按照掌权者的意图，方才还是真理的东西眼下却会被排挤在外。列女观也不例外。北方民族统治下的辽金元时的列女跟汉族统治下的列女相比，因权力的主体及其意图的不同而明显地呈现差异。那曾驰骋中原大地的契丹族、女真族、蒙古族，他们先后建立的辽、金、元等国家政权又是选取什么样的女性做列女的呢？对于这个问题元代脱脱在其撰写的《辽史·列女传》序文中这样写道：

> 与其得烈女，不如得贤女，天下而有烈女之名，非幸也。

可见，《辽史》标榜的典范的女性似乎与中国正统观念下的典范女性有所不同，它提倡的是明辨事理、机智聪慧的女性。《辽史》开头记录的邢简之妻陈氏的故事证实了这一点。陈氏是一位精通经义的女性，人称女秀才，她生下六个儿子，都由她亲自教授经典，将其中两个儿子教养成日后的宰相。她因此被视为是女性的典范记录在《辽史》中；另外，书中还记录了自小聪颖过人、长大后誓不婚嫁只专心做学问的一个叫做耶律氏的女性；还记载了精通古今经籍的耶律中之妻萧氏的故事。辽代的列女基本上都是具备一定文才的女性。

《金史》也跟《辽史》一样，它选取列女的标准也不是以汉族观念为中心。《金史》和《辽史》的作者同属一人，是元代的脱脱。《辽史》选取的列女中一个汉族女性也没有，而《金史》中既有女真族也有汉族女性。《金史·列女传》序文中写道，"一遇不幸，卓然能自树立，有烈丈夫之风，是以君子异之"，这体现了北方民族列女的风貌。书中引人关注的还有，汉族女性大多因为守节殉节而成为列女，而女真族女性大多或是因为勇猛杀敌战功显赫或因丈夫牺牲在战场而随夫殉死而成为烈女。例如，阿邻之妻沙里质挥刀上阵，三天后终于击败了敌人。另外一个叫阿鲁真的女扮男装奔赴战场，杀伤敌人百余名，立下了赫赫战功。《金史》这般将战争女英雄编入列女行列里的情形是前所未有的。这说明列女观取决于当时的政权，而当时的统治者是北方异族而非汉族，因此对于列女的素质及品德标准也添加了新的内容。也就是说，辽金元时，对于列女的要求没有仅局限于贞节，跟前代相比，倒是有更为丰富的女性活动原理在起作用。但这一时期女性观也并不全充满着女性活动原理。上面提到的《辽史》开头部分记载的邢简之妻陈氏的故事便与刘向《列女传》中出现的贤明的母亲形象同出一辙。虽然《辽史》选取她为贤女而非烈女，但这一贤女也只是体现男性观点立场的形象而已。另外，《金史》记载的列女中有李荣之妻张氏，她至死不改"我死则为李氏鬼"的节操而遭杀身之祸；康住住在丈夫死后无家可归时跳崖身亡。这些形象跟《金史·列女传》中标榜的"一遇不幸，卓然能自树立"的观点不相符合，这说明北方异族女性列传所体现的观念意识，其主干并没有完全脱离刘向以后一直延续下来的汉族的观念意识。

4. 儒教观念的东山再起

灭了元朝，重建汉族政权的明太祖朱元璋（1368~1398在位）极其厌恶蒙古人遗留下来的习俗。他认为蒙古人兄死娶嫂和父亡子娶继母的风俗极不道德，还认为女性不守贞节既是扰乱婚姻秩序又是破坏社会秩序的行为。朱元璋认为恢复中国的传统伦理价值观念才是当务之急，于是他立足于正统儒教颁布了一系列法令，为帝国的统治奠定了基础。他还制定奖励女性守节的法律以严格控制女性。据《明太祖实录》第88卷洪武七年三月（甲午）记载，明太祖为济宁府单县百姓杨氏等六人下赐了旌门。经明太祖大力施行一系列政策，曾在辽金元时期一度顿足不前的正统儒教观念又重新获得了生机。但这一时期恢复生机的儒教却丧失了原有的风采，以变质的面貌出现，这跟明朝旨在恢复宋朝体制的目的有关。明朝早在建国初期就为实现回归宋朝的梦想，而力图超越俨然曾存在过的元朝的历史。而实现这一目的的最佳途径便是赋予儒教以强有力的权力，以洗刷曾蒙受蒙古族统治的屈辱记忆，而早日回归宋朝体制。于是明朝将宋代的朱子思想尊为国学，以它作为回归宋朝的基石，赋予它最高的学术权威。这样，朱子思想在明代成为所有学问之上的最高学问，国家不允许人们对朱子思想进行任何批判，只允许人们一味地接受它，剥夺了人们能够像朱子那样思考问题的自由。也就是说，原本朱子思想探究的是自然界的法则和原理即"理"，而明代的朱子思想不允许持有探索"理"的态度，而只表现出苦心去理解朱子提出的"理"，一味地去顺应它，具体去实践的态度。明代的这种学术风气使以朱子思想为主干的这一时期的儒教向着片面夸大和强调伦理道德的方向发展。而这种风气和女性问题联系起来看，就会发现这一时期对于女性也只在夸大和强调女性的品德修养而不注重其本质，只片面追求使女性最大限度地去实践品德规范的问题。明代的女性跟前代的女性相比体现出更为忠实于儒教的面貌，而这是明代初期的政策和学风所决定的。

在明代最积极地实践这种学风的是宋廉（1310~1381）、方孝孺等人。其中宋廉在明初负责编撰了《元史》。他编撰的

《元史·列女传》如实反映了明初旨在恢复儒教的列女观。特别引人瞩目的是书中殉节的女性大多是汉族女性而不是蒙古族女性。这可能是因为从民族特点上看,那些守节、殉死的伦理观念比起蒙古族女性会更多地体现在汉族女性身上,再者强调汉族女性的贞操更加符合明初统治者所追求的利益和目标。下文是《元史·列女传》序文中的一段:

> 元受命百余年,女妇之能以行闻于朝着多矣……其间有不忍夫死,感慨自杀以从之者……然较于苟生受辱与更适而不知愧者,有间矣。故特著之,以示劝厉之义云。

可见,明代以前身份秩序和贞操是女性的最高价值观,而到明代演化为自杀殉节才是最为可歌可泣的。加上国家推行褒奖烈女的政策,进一步加快了女性殉节的进程。其结果贞操这一维持社会秩序的品德修养,其概念开始变质,社会则倾向于虐待女性、倡导女性自杀。而女性也好像是感染了病毒一般甘愿被虐待,也变态地去选择死亡。据传,明太祖朱元璋驾崩后,他身边侍奉他的 40 名宫女,其中有 38 人自缢;成祖（1403～1424 在位）去世,有 30 个宫女自缢身亡;甚至在位不到一年的仁宗（1425～1426 在位）过世时,也有两名宫女自杀。女性的寻死守节就是这样从宫廷开始的,朝廷为了在民间普及和扩散这种风气,特意为殉节的女性颁发了旌门,建立了牌坊。结果那些被较多授予旌门和牌坊的家族或地区在社会上就会获得更多的赞誉。

《元史·列女传》选取的女性在明初的思想观念中是最为优秀的女性。她们所体现的妇德并不多样,她们极力反抗迫使她们改嫁的周边环境或守节或殉死，她们以此获得了社会的赞誉。如周术忽之妻崔氏在丈夫过世之后为守节不嫁，竟在自己的脸上划下伤疤；杨氏在其夫死后，连续五天不进食，了结了自己的性命。《元史·列女传》中的大部分女性都是以这种誓死不渝的节操被列入列女行列中，她们大多不惜损害自己的身体或断然选择死亡。这些行为非《元史》首创，刘向的《列女传》也有类似记载。刘向的《列女传》中也有些女性当身处绝境、走投无路时，为表明立场、获得正当评价而选择死亡或进行自虐。例如，杞梁之妻为了不改嫁跳入淄水而死；梁国的寡妇高行为了拒绝梁王的要求，剐掉了自己的鼻子；另外，息君的夫人、楚成王的夫人郑瞀、楚昭王的妾越姬等女子皆为守贞节而自杀。从刘向的《列女传》到《元史·列女传》，那些自杀或自虐的女性，她们的共同点在于她们都体现了儒教的伦理观念。列女们为操守儒教礼教或守护女性的尊严极端地扼杀了自身的欲望，做出了超越人之本能的行为。列女们的自虐行为用拉康（Jacques Lacan）的观点来看，可以说这是"超自我"（Super-ego）的感情压抑达到极点，导致感情异常发泄，而采取自杀、自虐等极端行为。这些异常的感情发泄是极端压抑自我而引发的反常现象。这些列女呈现出一种神经强迫症，她们不畏惧死亡、虐害，她们为操守原则而拼死拼活。这种病症还跟快乐的原理有关，即列女们压抑本能强迫自己坚守原则，这可能会使她们享受到一种自虐带来的快感。而当神经强迫症不能再引发快感时便会陷入破坏一切回归到原点的"走向死亡的本能"。

那么，神经强迫症是否只是出现在列女身上的症状呢？前面我们已经提到，对于列女的认识是拥有权力的男性打造出来的，那以神经强迫症的形式守贞节的女性也是男性选取的一种类型。那些固守礼仪道德、极端否定自身欲望的女性形象反映了男性自己的面貌。即可以说，这是男性唯恐礼仪道德崩溃而忐忑不安的面貌，也体现了他们施虐的、暴力的一面。

正如《元史·列女传》记载的那样，明代初期恢复权力的儒家思想使整个社会陷入一种神经强迫症之中，社会将丧夫的女性推向了万丈深渊。但这也只是正式文献的记录而已，当时的女性并不都是为殉节而存在的。当然，为殉夫或守节牺牲一切的女性应该也为数不少，但当时也有失去贞操还与丈夫复婚的女性或主动与男人私通的女性。这些不同的女性形象出现在明代的话本小说等正史之外的文献中。明代冯梦龙（1574～1646）写的《喻世明言》、《警世通言》、《醒世恒言》，凌濛初（1590～1644）写的《拍案惊奇》，西湖渔隐主人写的《欢喜冤家》等话本小说描写了许多观念上比较自由的女性形象。这些小说中有些内容还辛辣地讽刺了贞操观念。比如有些故事写到被授予旌门的列女原来是个淫荡女性；还写了一户人家为出个列女自编自导一场闹剧的故事。这些故事讽刺了当时过于强调列女的畸形的社会风气。虽然这些小说描写了许多不受贞操观念束缚的女性形象，讽刺了列女虚伪的面貌，但明代社会毕竟还是重视女性节操的社会，是儒教控制下的社会。明代话本小说家冯梦龙虽然在自己的作品中写下了不少不受贞节束缚的女性形象，但在小说的序文中明确表明了自己期盼的是"节妇"，自己的小说是为教化而写的。凌濛初也在《张福娘一心贞守 朱天锡万里符名》中大为称赞守节的女性，并且还在《行孝子到底不简尸 殉节妇留待双出柩》中大加称赞为丈夫守了三年丧而后殉节的女性。可见，尽管话本小说中有不少不受贞操束缚的自由的女性，但这丝毫没有改变儒教支配下形成的社会的主流。以守节或殉节为表象、恢复权力的明代儒教，进一步强化了对女性的控制和压迫，选取列女的标准也比过去更为男性中心主义。

5. 精神错乱的时代

满族人推翻了汉族人的政权——明朝，建立了清朝。为统治无论在人口上还是在文化上都明显占优势的汉族人，清朝统治者绞尽脑汁。清初的统治者推行了尊重汉族正统文化的政策，还善待、举用了隐居民间的学者，在这种社会氛围中，张廷玉、王鸿绪编撰的《明史》问世。《明史》基本上站在继承和发扬明代儒教的立场上，集前代之大成，反映了清初的社会风貌。《明史》中记载明代列女的《列女传》也继承了前代的儒教观念，也强调了女性的贞操观念。它还深受清初就开始萌动的博学风气的影响，书中有关列女的各项条例也比前代增加了将近一倍。下面所列举的《明史·列女传》序文就如实地反映了清初的列女观：

> 刘向传列女，取行事可为鉴戒，不存一操。范氏宗之，亦采才行高秀者，非独贵节烈也。魏、隋而降，史家乃多取患难颠沛，杀身殉义之事……明兴，著为规条……大者赐祠祀，次亦树坊表……其著于实录及郡邑志者，不下万余人，虽间有以文艺显，要之节烈为多……今掇其尤者，或以年次，或以类从，具著于篇，视前史殆将倍之。

可见，清初选取列女的标准跟明代大致相同，也将守节的女性视为最优秀的女性,这种观念依然有效。例如《明史·列女传》的开头部分就记录了名为月娥的女性在敌军攻来时为操守贞节投河自尽,见此情景有九位妇女也跟随她投河自尽。书中还有丈夫死后绝食殉节的白氏、自缢身亡的高烈妇、于氏等烈女,这些守节殉节的女性在《明史·列女传》中有274人之多。根据中国历代正史记载,制成表1,我们会发现《明史》中记载的守节女性其数量大幅增加了。

表1　中国历代正史女性列传中守节列女的统计数字

正史女性列传	列女总数	守节女性总数	百分比
后汉书	17	3	17.7
晋　书	38	6	15.7
北　史	34	7	20.5
新唐书	52	10	19.5
宋　史	45	5	11.7
金　史	22	4	17.2
元　史	65	13	20.0
明　史	235	94	40.0

除《明史》之外,还有根据地方志、传记等编撰而成的《古今图书集成》一书,此书记载的清代列女有12323人,其中9482人守节,2841人自杀或遭杀害。而《古今图书集成》的编撰年代为1725年,此时清朝才建立81年,可想而知在整个清代历史上贞节观达到了何种程度。对此,陈东原在《中国妇女生活史》中提到清代的贞操观历经明代演变成极其狭隘的一种观念,对于贞操的笃信仿佛带有宗教信仰的性质[①],即清代女性对于贞操的信念偏执到疯狂的地步,这比儒教恢复

---

① 陈东原:《中国妇女生活史》,商务印书馆,1928。

权力的明代更为普遍而又强烈。比如在明代只有失去丈夫的女性才为丈夫守节或殉节，而到清代一个未成亲的女性当与她定了亲的男方死了，也要为他守节或殉节。这种社会风气之所以形成跟清朝统治者的政策有关，即满族统治者为向汉人显示自己的宽大慈悲或伦理观念水平之高，在政策上利用了儒教伦理观。比如顺治皇帝在他即位不到一个月就明确表明应崇尚女性贞烈，因为这对国家统治非常重要，他还下令修改法令，将过去由个人负担的建立牌坊的费用改为由地方政府承担。清朝统治者还大幅度放宽了可获得烈女称誉的各项规定，进一步推广了崇尚女性贞操的观念，使全国各地到处都涌现出了烈女。

此时，女性的守节、殉节竟导致了在福建等地建起塔台举行一种残忍的自杀仪式。塔台原指垒坛，而在清代这里却成了女性将自缢之意告知周围亲戚，举行盛大自杀仪式的处所。如果某一户人家的女性上了塔台，那便是这一家族的荣耀。因此塔台得到迅速的普及，在福建福清县塔台上殉节的女性占全体自杀女性的15％。自尽日期也是在家人的同意之下郑重其事地订下来，越是大户人家越是支出庞大的经费来举办盛大的塔台仪式。如此公开的自杀仪式在清代初期及中期非常盛行，直至1850年还有地方举行，可见对贞操的崇尚几乎到了疯狂的地步。

针对盛行女性自杀的社会问题，清政府于1688年下令禁止女性在配偶及订婚人死后自杀。但是社会上女性自杀的疯狂行为已到了不可救药的地步，国家颁布任何法令都无济于事。对于这种社会现象当时朝鲜的学者朴趾源（1737～1805）在他写的《热河日记》中也留下了记录。《热河日记·太学留馆录》八月十日记录中，王鹄汀对朴趾源谈到中国女性守节的情形：

> 中国此俗，亦成痼癖。或有纳彩而未醮，合卺而未
> 媾，不幸有故，终身守寡，此犹之可也。至于通家旧谊，
> 指腹议亲，或俱在髫龀，父母有言，不幸而至，有饮鸩投
> 缳，以求殉附……国宪申严父母有罪，而遂以成俗，东南
> 尤甚。①

上面记述的这种自杀风气在总结清史的《清史稿·列女传》中也有记载。书中记录的清代列女在篇幅上明显多于《明史·列女传》中的列女，书中也将列女分成贤母、孝女、孝妇、贤妇、节妇、贞妇、贞女等几种类型。但从内容上看，有关节妇、贞妇、贞女的记录明显多于贤母、孝女、孝妇、贤妇的记录，这是清代社会在列女品德修养方面更注重女性贞节的有力证据。《清史稿·列女传》用相当多的篇幅记载了订婚女子的自杀行为。《清史稿·列女传》296《列女二》的大部分内容都是未婚女性殉节的记录。这些女性在书中大多被写成"某某人的聘妻"，"聘妻"与"妻"是有区别的，"聘妻"指未成亲的女子。这些"聘妻"大多有共同点，那就是在得知未婚夫死后，她们都没有取消婚约而心甘情愿地了结了自己的生命。这也是清代列女最具代表性的特点。在此，我们有必要关注这样一个问题，即在中国历史上为贞节而自杀的女性在这一时期人数达到最高峰。在清代，究竟是什么原因导致这么多女性自杀的呢？真是儒教的贞操观念促使女性自杀的吗？对此，中国学者田汝康在自己的著作《以孔子之名死亡的女性》中提到男人对科举考试的不安心理跟崇尚女性贞操有着

---

① 朴趾源：《热河日记》，首尔：弘新文化社，1996。

密切的关系。书中列举清代一些地方中举的人数与自杀女性人数呈正比的现象，这说明在促使女性自杀的原因当中，科举考试给男性带来的压力起了重要的作用。作者认为清代男性在科举的激烈竞争中在社会上以及心理上承受着极大的压力。尤其那些落榜的大多数男性在儒教传统伦理观念下，即便处在极度的挫败感中也要遵从儒教规范，这样就形成了双重心理。他们极力寻找能够发泄他们被压抑的挫败感及忧虑的对象，这样他们就选择了女性的贞节。男性通过美化女性为操守贞节而承受的各种痛苦与磨难，建立起可消除他们内心挫败感的价值观念体系。[1]

总之，贞节观隐藏着儒教社会那歇斯底里的欲望，它冠以道德之名，充当着男性观念立场的代言人，成为清代社会最具权威的女性价值观，也成为选取列女的重要标准，更是刘向写《列女传》以来女性观"他者化"的极致。但是清代列女这一名称，因其道德所散发的光环，而最大限度地掩盖了权力矛盾体系内的所有丑陋现象。对此，清代小说家、戏曲家李渔（1611～1676）在他的作品《无声戏》中进行了辛辣的讽刺。他在《无声戏》的第四回中，写到一位叫作金茎娘的有名贞女，有一天突然死了，原来是因为偷偷服了春药而丧命的。作者通过戏剧化的故事讽刺了当时社会偏执、扭曲的贞节观。

《女陈平计生七出》表面上虽称赞了以智守节的女性，但实际上批判了盲目的贞节观。故事讲到耿二娘在盗贼入侵，全

---

[1] 田汝康（Rukang Tian），*Male Anxiety and Female Chastity: A Comparative Study of Chinese Ethnical Values in Ming-Ching Times*, Leiden: Brill, 1988。

家人性命难保的紧要关头，自愿当了盗贼头领的夫人，使全家人虎口脱险。而她在自己的下身涂上药物使其肿胀或以月经为借口，千方百计抵制贼头接近。这样，在被抓去的女性当中只有耿二娘没有失身。她还引诱盗贼头目进村，让村里人捉拿了贼头，但村里人却怀疑耿二娘的贞操。她的丈夫为探个究竟棒打盗贼头目让他交代清楚。全村的男性还拿耿二娘的贞操问题展开了一场舌战。写到这里，作者李渔用相当长的篇幅描写了村里人对贞节的那场争论，批判了当时人们对贞节的盲目追从。另外，清代学者毛奇龄在康熙五十年辛卯年写的《禁室女守志殉死文》一文中，主张未婚的女性没有必要守节或殉死，更没有必要与死了的订婚人合葬。清代虽然也有这些比较进步的立场和观念，但整个社会仍然蔓延着崇尚贞节的风气，对死亡带有一种近于神经错乱的偏执倾向，对女性的压迫也达到了极点。清代社会的这些基本的社会性质经过太平天国运动（1851～1864）以及后来的戊戌变法（1898）才得到一些改善。

如上所述，从刘向的《列女传》到《清史稿·列女传》，书中列女的外在装束都有所改变。在某一时代非常入时的衣裳，转到另外一个时代有的则变得极不相称；而某一时期需套上许多件衣裳，而转到另外一个时代则只需一件单衣。但是无论外在的装束有多不同，这些列女都有一个共同的内在属性，正如各个正史女性列传序文中提到的那样，这些女性列传皆属刘向《列女传》之谱系。另外，他们所标榜的列女都体现着他者化的女性观。这说明即便是在女性拥有广阔活动空间的时代，列女仍未能以一个独立的主体而存在。列女这个"他者化"的形象，从刘向的《列女传》问世以来一直都作为不可动摇的牢固的观念意识基础，作为男性欲望的代言人或中介人而存在，始终都没能独立自主地存活。总之，列女从男性的欲望中诞生，它以一个强劲的符号形式存在。因此，每个时代的列女作为概括男性社会观念体系的价值符号，形成了一个不可动摇的坚固的谱系。

四　原典的谱系（Ⅱ）：以女性的声音讲述《列女传》

对于原典《列女传》形成的谱系我们还可以在它的模拟作——女诫文学中寻找。女诫文学是以韵文或条例文的形式表现妇德和树立妇女典范的女教指南书。这些女诫文学大多是为了强调刘向《列女传》所提倡的女教的重要性而编写的，因此它们与正史中的女性列传具有共同之处。但女诫文学的叙述主体不是男性，而大多是女性，这一点跟正史女性列传有所不同。也就是说，它是以女性的声音讲述《列女传》的。内容上它一一列举生活中的各种实例，详细叙述了女性该具备的妇德，它比正史女性列传叙述得更为具体。女诫文学基本上持有女性教育应由女性来承担的立场，它不像正史女性列传那么正式规范，但它很详细入微，对普通女性更具有实际的影响力。虽然有些人认为女诫文学站在女性的立场，充当着女性利益的代言人，但仔细摸索它的基本脉络，我们就会看到它企图以最巧妙、最有效的方法将以男性为主的社会秩序输入到女性的观念意识中去，这如同殖民统治者在教化被占国家的百姓时，让被占国家的人自己来承担这种教育一样，因为这更隐蔽且更有效，女诫文学的编撰目的就在于此。为了使男性社会秩序渗透到女性最隐蔽的个人领域，为了稳固确立男性的支配地位，仅动用正史女性列传那种书写方式是不够的，而更为有效的方法应该是以女性的声音叙述《列女传》，朝朝暮暮、时时刻刻伴随女性左右，细声细气地、接连不断地将男性社会秩序及规范灌输到女性的观念中去。

女诫文学正是出自这种写作意图。最早问世的有关著作是东汉班昭（49～120）所撰写的《女诫》。作者班昭是东汉政治家班彪的女儿，也是《汉书》的作者班固的妹妹。这位精通学问的女学者在哥哥班固未写完《汉书》去世之后，执笔完成了哥哥的遗著。并且在她另外一个哥哥班超困在西域无法归来时，她还亲手写文章上奏皇上，使哥哥如愿以偿，这些都说明她的文笔相当出色。后来班昭成为女师，负责教导宫廷里的皇后嫔妃而备受尊重，还获得了"大家"的称号。

《女诫》原先不是以一般女性读者为对象写的，它是作者为训导自己的子女而写的。《女诫》序文中班昭提到在她结婚四十余年的时间里一直都审慎行事，勤勉持家才免于被休，她唯恐女儿嫁人之后让祖上蒙羞，因此晚年著书以教子女。《女诫》共七章，各个章节具体说明了应如何善待丈夫、公婆、姑妹。《女诫》是系统阐述女性行为规范的教育书。但它的思想观念基础彻底以男性为主，将女性的活动范围局限在家庭里，而只字未提家庭以外的环境，这跟班昭曾作为社会的一员在社会上积极发挥作用的个人经历是相矛盾的。

《女诫》以后，有一定影响力的女诫文学著作有唐代宋若昭的《女论语》。《女论语》原是宋若昭的姐姐宋若华写的，后来宋若昭（？～825）附加了一些说明。宋若昭后来也入宫成为嫔妃的宫师，受人尊敬，她的一生简直就是班昭的翻版。这或许只是一种偶然，但如同她的名字"若昭"，她所写的《女论语》

在内容上与《女诫》大同小异。《女论语》共十二章，四字一押，非常易记。与《女论语》同时代的女诫文学著作还有陈邈之妻郑氏所写的《女孝经》，此书的编撰目的也跟班昭的《女诫》相同。它以班昭和几个妇女之间问答的形式，阐述了妇女的道德规范。

宋代有胡宗及的妻子莫氏所写的《贤训篇》，它被认为是可与班昭《女诫》相媲美的女教书。另外，元代有许熙载写的《女教书》。

女诫文学作为女性作者写的《列女传》，它的影响力在明代得到迅速扩大。其原因正如前面已经提到的那样，与明代旨在恢复儒教而实施的一系列政策有关。明代女诫文学中最具权威的是明成祖仁孝文皇后秉承高皇后（1332~1382）旨意所写的《内训》二十篇。此书是位居国家最高地位的皇后所撰写的，因此备受重视，这是明代为维持儒家社会秩序在国家层次上高度重视妇女教育的有力证据。《内训》在序文中提到过去的女诫书包括《女诫》在内都过于简略而不适于训导女性，而这本书对如何侍奉皇上、父母、公婆，如何对待下辈、下人及外戚都作了详细的说明。《内训》称赞那些为贞节而自尽的女性，鼓励女性自杀。到万历八年（1580）神宗皇帝将《内训》和《女诫》合编成一本书，以后这本书就以这种面貌传了下来。神宗当时还表露出自己对《女诫》和《内训》的喜爱，这可以说是国家对女诫文学的有力声援，为书中的训导对普通女性行使更强有力的作用打下了基础。

到清代，对女性的训导依然进行得有条不紊。代表性的女诫书为世宗御定的《内训衍演》、李晚芳的《女学言行录》、张承燮母亲所写的《张氏母训》等。另外，王氏集敬公之妻

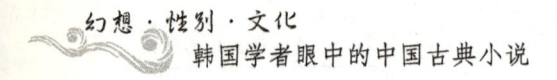

刘氏或王节妇写的《古今女鉴》和《女范捷录》等书也颇有影响力。朝鲜英祖3年（1727）将《女范捷录》、《女诫》、《内训》及《女论语》等书合编成一本书，书名订为《女四书》。

总之，女诫文学为巩固男性社会秩序充当了发言人的角色，它是妇女教育的必读之书。女诫文学的作者皆为女性，因此带有一种亲近感，比较容易接近女性，尤其因为这些书的作者是知识阶层的女性或是皇后，因此这些书就更具权威、更为有效。但这些书跟刘向的《列女传》及其以后的正史女性列传一样都以维持男性社会秩序为目的，因此，我们同样可以将女诫文学看做原典《列女传》的谱系。

五 原典的谱系（Ⅲ）：《列女传》之模拟作

刘向的《列女传》问世以来一直都有模拟作盛行不衰，自成谱系。这些模拟作与女诫文学不同，它们大多由男性作者编写，主要盛行于明清两代。这些模拟作之所以在明清两代盛行，跟上文提到的儒教恢复权力有关。也就是说，在明清两代强化了的儒教能够以女诫文学这种书写方式靠近女性，而这激发了男性的创作欲望，使他们积极地去创作类似《列女传》的个人著作。他们感到有一种冲动促使他们像刘向那样将自己对儒教的个人观点记录下来，他们期待自己的著作能像刘向的《列女传》那样成为经典。他们不仅模仿刘向，还一心想成为刘向。其证据就是明清两代的模拟作都在书名上加了"列女传"一词，这正表明了他们的意图，即标榜自己的著作是嫡承刘向《列女传》的著作，他们想让他们的作品成为当代的

《列女传》。实际上，当我们罗列明清两代《列女传》的模拟作便会清楚地发现这种意图。本文在此简要介绍明清两代模拟《列女传》的作品，并附加一些说明，仅供参考。

明代的模拟作有解缙（1369~1415）编撰的《古今列女传》。此书以明成祖之名编写，收录了自刘向的《列女传》至当时的女性传记。另外，个人著作还有新安汪氏的《列女传》。此书每篇都有汪氏的评语，还附上插图以说明。还有明代话本小说家冯梦龙也写了《列女传》的模拟作，书名为《列女演义》。该书是冯梦龙用当时的白话改编刘向的《列女传》而写成的浅显易读的作品，他对书中所有的人物都附上了评语。但最近有人指出书中有一些是清代的故事，因此说《列女演义》是伪作，并非冯梦龙的作品，因此不能拿这本书来探讨明代儒教影响下的冯梦龙个人的价值观。

清代的《列女传》模拟作中有刘开编写的《广列女传》，书中提到此书的记录不同于史书，它弥补了刘向《列女传》的疏漏之处。另外，还有汪清的《列女征略》、尹会一的《女鉴录》、徐世昌的《大清畿辅列女传》等。

综上所述，原典《列女传》分成三个谱系发展下来：其一是正式文献——正史——记载的女性列传；其二是女性教育指南——女诫文学；其三是标榜儒教观念意识的男性的个人著作——《列女传》之模拟作。这三支谱系都具备各自的特点及意义，而且它们都未损害原典的本意和价值，它们以此为前提共同体现着男性所规定的道德价值。正如本文所屡次强调的，在中国传统社会，女性都是通过男性体现自己的，始终未曾独立存在过。女性还为遵从男性所强求的品德规范，甘心去扼杀自身的本能。而男性要求女性的品德修养有时是擅长琴棋书画或能歌善舞、能骑会射等,有时则仅限于为男性守节。在这种状况下,《列女传》及其谱系以公开或隐蔽的方式有效地发挥了教育女性并使女性更加忠实于儒教观念的作用。其结果,女性步入崇尚列女,而又在列女的幻影中备受煎熬,苦苦挣扎的境地。

六 原典的谱系（Ⅳ）：朝鲜的烈女

在韩国有关典范女性的最初记录见于《三国史记·列传》,书中记述了孝女"知恩"的故事,还有被称为贤妻、贞女的"薛氏之女"以及"都弥之妻"的故事等。《三国遗事》中还记载了新罗"三个女王"的事迹,但这些记录比较零散,也未形成类型。后来逐步对这些典范的女性形象进行了类型化的分类,这类文献中现存最早的可举《高丽史·列传》。书中记录了高丽时代典范女性11人,她们都被冠以"烈女"之名,这与中国正史列传中的"列女"之名有所不同。分析这11个女性形象,发现其中8人是为抵抗倭寇的强暴而自缢的女性,另外3人是为拯救丈夫的性命而牺牲自己的女性。可见,《高丽史》所标榜的典范的女性也是持守贞节的女性。

那《高丽史》为何不用列女之名而改成"烈女"记载那些典范女性的呢?这跟《高丽史》的编撰时期有关。《高丽史》是高丽灭亡、朝鲜王朝建立之后,为总结前王朝的历史,作前车之鉴而编撰的史书。这本书的编撰者郑麟趾（1396~1478）属于朝鲜开国阶层,而这一阶层是以儒教武装起来的阶层。任何一个国家都在它开国初期为巩固体制,支配人们的意识形态,而会进一步加强控制。再加上朝鲜王朝与引进并重视佛教的高丽不同，它尊崇儒教并以它为国教，朝鲜王朝统治者认为高丽之所以灭亡在于它引进了佛教而扰乱了男女及上下有别的社会秩序。因此，朝鲜时代对于女性的控制当然就要比前一朝代更为严格。而且《高丽史》的编撰时期为朝鲜文宗元年（1450），当时中国处在明代初期。而明代正如上文多次提到的那样，是儒教恢复权力、极度崇拜女性贞节的时期。因此选取典范女性的标准也倾向于强调女性贞操。本文认为，正是受这种时代氛围的影响，《高丽史》才选取了"烈女"的名称，而未取用"列女"之名。

除《高丽史》以外，正式记录女性品德规范的著作还有朝鲜王朝成宗的母后昭惠王后韩氏（1437～1504）所写的《内训》。此书是当时守寡的韩氏为教导王子而编写的，序中讲到国家的兴亡盛衰取决于男性，而妇人的善恶也举足轻重，因此不可不教女性。乍看此书，似乎它强调的是女性教育的重要性，而实际上它是彻底基于男性中心的儒教编写的著作。尤其在编撰《内训》期间，作者的儿子成宗（1457～1494）也编写了后来成为朝鲜儒教基本纲领的《经国大典》，将两者联系起来，我们可以看到朝鲜王朝为使儒教在朝鲜扎根落地下了很大工夫。

朝鲜中宗38年（1543）刘向的《列女传》被翻译成训民正音（朝鲜文）。据金《增补朝鲜小说史》记载，《列女传》在朝鲜太祖（1335～1408）时期传入朝鲜，中宗38年下旨将其译成训民正音（朝鲜文）。①《列女传》的训民正音（朝鲜文）译著成为国家面向女性提倡和宣传儒家观念意识的良好

---

① 金台俊：《增补朝鲜小说史》，首尔：学艺社，1939。

工具。《列女传》作为经典在整个朝鲜王朝历史上有效地发挥了教育朝鲜女性的作用，它渗透到朝鲜女性实际生活的方方面面，以至出现了"夹着列女传，搞男人"的谚语。在现实中，朝鲜时代称颂的烈女道德几乎只局限在贞操上，其崇尚程度要比儒教的发源地中国还更胜一筹。在刘向的《列女传》中贞操不过是七种女性品德修养中的一项，而朝鲜社会却偏执地尤为重视女性贞操，因此上面提到的"夹着列女传，搞男人"这句谚语中，"列女"实际上专指"烈女"。

朝鲜历经壬辰倭乱和丙子胡乱两次战乱之后，为恢复濒临崩溃的社会秩序，实施了一系列政策，作为重要的一个环节，开始大力美化守节的女性。尤其从17世纪后半期开始，寡妇殉节的行为成为社会提倡的美德，这跟当时将女性推向死亡的清朝的社会风气有关。记录在李万敷《孝子烈妇忠奴》[①]的烈女李氏、记录在李种徽《李节妇金氏传》中的金氏等都是当时殉夫的女性，她们得到当时社会的赞誉。在朝鲜社会女性守节成为普遍现象，对当时的情形朴趾源在《热河日记》中写道：

> 余曰："弊邦虽僻居海陬，亦有四佳。俗尚儒教一佳也……女子不更二夫四佳也……"志亭曰："女不更夫，岂得通国尽然？"余曰："非谓举国下贱氓隶仅能若是。名为士族，则虽甚贫穷，三从既绝，而守寡终身，以至婢仆皂隶之贱，自然成俗者，四百年。"志亭曰："有禁

---

① 以下有关朝鲜"烈女传"参照韩国古典女性文学会著《朝鲜时代的列女谈论》，首尔：月印，2002。

否?"余曰:"无著令。"①

当我们仔细观察《热河日记》中的中国人,就会发现他们对朝鲜寡妇大多不改嫁、终身守节赞叹不已。在国家没有明文规定禁止寡妇改嫁的情况下,朝鲜妇女竟自觉形成守节的风气,中国人对此感到十分惊讶。可见朝鲜的女性比起中国的女性,处在更为牢固的观念束缚之中。当时的朝鲜寡妇只有两条路可走,立即殉夫或尽到赡养公婆、养育儿女的义务之后再选择死亡。这两项选择只不过在死亡时间上有差异,而在本质上,在必须要随夫自尽这一点上,它们是完全一致的。在这种情形下,妇女在随夫自尽和为人母、为人媳应尽的义务之间苦苦挣扎。而非常贤明地处理这种矛盾的典范,便是赵虎然所写的《李烈孝孺人传》中的李氏。李氏在丈夫死后原想立即自杀,但因婆母年迈、儿女尚小,撇下他们寻死实在是于心不忍,便无奈存活了下来。十五年后当孩子不幸离开人世,婆母可由侄儿赡养之时,李氏将婆母托付给侄儿之后毅然了结了自己的生命。李氏不但尽到了养育子女、奉养父母的义务,又随亡夫决然自尽,她因此而成为烈女,受人称颂。可见朝鲜时代的烈女不但承担着家庭的所有责任和义务,就连她们的生命也完全隶属于男人。

综上所述,可知朝鲜时代的典范女性仅局限在操守贞节的烈女形象上。在朝鲜后期,社会不仅要求妇女守节还强求她们殉节。朝鲜时代的女性一方面以守节或自尽等行为遵从男性社会的道德标准与价值观念,另一方面她们还承担着养育

---

① 朴趾源:《热河日记》,首尔:弘新文化社,1996。

子女和赡养父母等责任，她们在双重的压力中痛苦呻吟。可以说朝鲜的烈女是将男性社会秩序彻底融入身心的形象。她们丝毫都没有损害刘向《列女传》作为原典树立的牢固的权威，反而展现了几乎可以超过《列女传》的更加"他者化"的女性形象。可以说她们再现了在男性社会秩序中最受欢迎的女性形象。

七　结论：我们这一时代的新列女传

刘向的《列女传》作为原典，不仅占据着牢固的地位，还形成了一系列谱系。这些谱系或以正史中的女性列传，或以女诫文学，或以列女传之模拟作等形态存在。它在朝鲜还以烈女这一极端的形象定型。

这些谱系按照男性权力集团的要求，塑造了各自不同的列女形象。经考察，我们发现从汉代到隋代以前，列女的品德规范可以说是多元化的，其中既有精通学问的女性、能言善辩的女性，还有精通音律、武艺超群的女性，而在这些列女的条件中操守贞节只是其中一项而已。但经过隋唐到宋代，列女的品德规范开始转向注重女性贞节，以后虽因辽金元等北方民族统治，一度出现不只拘于贞节的各类列女形象，但是到明代，汉族的伦理价值观念恢复权威之后，贞节再度受到社会的高度重视，以致为守节而自杀的女性大幅增加。这一风气愈演愈烈，到清代甚至于未成亲的女子也为守节而自杀。列女的这些形象虽依着时代发生了一些变化，但始终都是按照男性的观念意识，按照男性权力集团的要求塑造并刻画出来的。

本文除正史女性列传之外，还考察了女诫文学和《列女传》的模拟作。考察结果表明女诫文学跟男性所写的正史记录不同，它是以女性的声音叙述女性事迹的，而这使男性社会秩序更有效地渗入了女性的个人生活之中；另外，《列女传》的模拟作大多是作者根据自己的观点补充和完善《列女传》的作品。本文还考察了地处儒教的发源地中国之周边的国家——朝鲜——的《列女传》之谱系。朝鲜时代的女性尽管处在《列女传》之谱系的枝节末梢，但却更彻底地体现了男性社会秩序。在此不容我们忽视的是，这些形成谱系的并将男性的支配意识彻底融入身心的列女形象，她们自身的历史还在延续。今天与我们擦肩而过的各类广告、女性教养书籍，那些有关烹饪的、育儿的等各种书籍，是依然存在于我们这一时代的新的列女传。这些书籍、广告等物质与现象表面上虽标榜现代女性的自由，但它们在以更加隐蔽的手法和策略束缚着女性，它们按照现代社会之要求，以特定的谈论方式重新诠释着列女形象。我们身在其中，依然沉迷于列女的幻影之中。

原文发表于郑在书主编《东亚女性的起源》，人民文学出版社，2005年，收入本书有所修改。

幻想·性别·文化
韩国学者眼中的中国古典小说

朝鲜后期全国到处有烈女碑和烈女门，图片文字说明烈女梁氏之德行。

牢不可破的经典及其谱系

韩国乡村现存的烈女门。

幻想·性别·文化
韩国学者眼中的中国古典小说

朝鲜为了宣扬儒教伦理，朝鲜世宗十六年（1434年）刊行《三纲行实图》。图片中的林氏以断足反抗倭寇，守贞节。

牢不可破的经典及其谱系

朝鲜经过万历朝鲜战争（壬辰倭乱：1592~1598），为了再鼎立儒教伦理，光海君九年（1617）刊行《东国新续三纲行实图》。图片的烈女崔今以石头打倭寇，最后守贞节被杀了。

韩·中女性教育书之叙事策略和文化意识形态

——以明·朝鲜之《内训》为中心

一 两本同名书:《内训》

在15世纪的明朝与朝鲜存在着两本书名同为《内训》的书籍。即一本有着教导妇孺之意的书籍。这两本《内训》分别由当时在女性中具有最高地位的明朝皇后与朝鲜国王的母后编纂而成。两书不仅在宫内还广泛流传于民间并成为当时教育女性的教科书。

然而两书为何会同时出现在15世纪?同名的两国《内训》之间有着怎样的关系,书中又记载了怎样的内容?

对此,本文将对15世纪明朝与朝鲜的女性教育书——《内训》进行考察。两书将儒教作为中心思想,起到了重整国家秩序的作用。因此,以儒教为中心的叙事策略对于当时女性文化意识形态的形成产生了一定的影响。

与这两本《内训》相关的另一个有趣的事实是，朝鲜《内训》的著者为昭惠王后韩氏（1437～1504），而她的姑姑恭献贤妃韩氏（？～1429）正是明成祖的后宫。当时的朝鲜依照明朝要求实行进贡女子的贡女制度。也就是说，我们可以认为很有可能是由于成祖的后宫恭献贤妃韩氏的缘故，明朝《内训》才得以传入朝鲜王室。

本文首先会比较两书的成书背景与特征，对主导15世纪女性教育的文化意识形态的内容进行解析。之后，将对促使这一文化意识形态形成的并非男子而是女性知识者的这一点进行考察。同时，由于明朝与朝鲜两国所存在的贡女制度为15世纪中韩两国的交流史与女性文化提供了重要史料，本文也会对其加以简单介绍。

二 编纂者与成书背景

明朝的《内训》是由成祖的皇后——仁孝文皇后（1362～1407），于永乐三年（1405年）编纂而成的。此书是在对宫中女性有模范教育意义书籍的需求之下编写而成的，并且起到了重整明朝秩序的作用。仁孝文皇后徐氏身为明朝开国功臣徐达之长女，自小便苦读经书，是一名女性知识者。她曾在其夫君燕王夺得皇位的过程中给予了很大帮助。正因如此，成祖对她的信赖是绝对的，因而由她编纂的《内训》也极具影响力。《内训》于仁孝文皇后过世后的1407年，由成祖亲自下令颁行。

对于《内训》序文中所提及的仁孝文皇后编纂此书的目的，将在下文予以说明。

> 独女教未有全书,世有取范晔后汉书曹大家女诫为训,恒病其署。有所谓女宪女则,皆徒有其名耳……仰惟,我高皇后,教训之言,卓越往昔,足以垂法万世。吾耳熟而心藏之,乃于永乐二年冬,用述高皇后之教,以广之为内训二十篇,以教宫壸。①

根据以上序文的记载,明朝初期,由于宫中现有的女性教育书过于简略且并不适用,所以极需要一本新的女性教育书。当时,仁孝文皇后以明太祖的皇后——高皇后的教导为准则,为了教育皇室中的女性,编纂了《内训》一书。此书于永乐二年著成,序文编写于永乐三年阴历一月十五日,于仁孝文皇后过世后的永乐五年(1407)由成祖亲自下令颁行。

明朝《内训》被编纂70年后的成化己未年(朝鲜成宗6年,1475年),朝鲜也编著了与《内训》同名的女性教育书籍,其作者为朝鲜成宗之母后——昭惠王后韩氏。她从《小学》、《烈女》、《女教》、《明鉴》等书中摘选所需章节,编著了朝鲜最早的女性教育书——《内训》。朝鲜《内训》编纂的初衷不只是针对宫内,还以教育民间女性为目的。这一点与当时明朝以教育宫中女性为目的编写《内训》的初衷有所不同。朝鲜《内训》的编者昭惠王后韩氏为朝鲜的名门闺秀,自小便学习儒家经典,是一名知识者。其父韩确(1403~1456),精通汉语,作为朝鲜使臣多次入朝晋见圣上,并逐渐受到明成祖的赏识。对其能力与品行刮目

---

① 李淑仁译《女四书》,首尔:女理研,2003。

相看的成祖,还一度想将仁宗的女儿赠送给韩确为妻。同时,在《朝鲜王朝实录》中亦有韩确与明成祖情谊之深的记载:

> 平安监司驰报:"使臣王贤以少卿韩确母赐祭,率头目二人来。"
> 〔世宗24卷,6年(1424甲辰/永乐二十二年五月二十七日辛丑)〕

韩确之母在过世之时,还曾收到来自明朝的吊唁信,可谓是朝鲜最为显赫的名门世家。他将自己的女儿嫁入王室,其中最小的女儿便是昭惠王后。然而,昭惠王后韩氏的夫君不幸早逝,随后王权便移交给了其夫君的弟弟(朝鲜睿宗:1450~1469),她却只能在宫阙之外过着孤独的生活。但睿宗也同样没有指定继位人便离开了人世。此后,昭惠王后之子(朝鲜成宗:1457~1494)继位,昭惠王后被尊为仁粹大妃,辅佐其年幼之子处理朝政。她以自身的政治力量为基础,于成宗六年(1474)完成了女性教育书——《内训》的编写。下文为《内训》序文中记载的昭惠皇后编纂此书的目的:

> 治乱兴亡,虽关夫主之明暗,亦系妇人之臧否,不可不教……况余寡母,能见玉心之妇耶。是以小学、烈女、女教、明鉴,至切且明,而卷帙颇多,未易可晓。兹取四书之中,可要之言,着为七章,以厘汝等。①

---

① 昭惠王后韩氏、陆完贞译《内训》,首尔:悦和堂,1985。

序文指出，昭惠王后从已存的女性教育书中摘选重要内容，编写了符合朝鲜王室实情的此书。这与明朝《内训》的编纂目的是一致的。朝鲜《内训》书后有着与尚仪曹氏于同一年书写的跋文。此跋文揭示了昭惠王后《内训》的教育对象与目的。

> 是书之作，奚啻仁粹殿下之教玉叶耶。以至闾巷遇妇，女工之暇，朝习暮诵，于心玩味，则渐知克家之道。其于风化岂小补云。①

由此可见，朝鲜《内训》不仅以教育宫中女性为目的，还注重民间妇女的妇道学习与风俗教化。这也正成为作为朝鲜政治实权者的昭惠王后韩氏，使得自己的书可以在全国范围内产生影响的原因之一。

三 明·朝鲜《内训》之叙事策略

明朝《内训》共由二十章构成，其中包括德性章、修身章、慎言章、谨行章、勤励章、节俭章、警戒章、迁善章、崇圣训章、景贤范章、事父母章、事君章、事舅姑章、奉祭祀章、母仪章、睦亲章、慈幼章、逮下章、对外戚章等。这与前代的女性教育书——七章的《女诫》、十二章的《女论语》相比，在章节上大幅增加。明朝《内训》的开篇由女性的德性讲起。

---

① 昭惠王后韩氏、陆完贞译《内训》，首尔：悦和堂，1985。

贞静幽闲，端庄诚一，女子之德性也。（德性章）①

像在这一章节所看到的，《内训》要求女性的德性要正直稳重，并在《慎言章》中对于女性的言行进行了规范。

况妇人德性幽闲，言非所尚。多言多失，不如寡言。故书斥牝鸡之慎，诗有厉阶之刺，礼严出捆之戒。②

根据这一内容，明朝《内训》以女祸论为立足点，严禁女性的言论对外界造成影响。这正是一种通过阻止女性的干政，从而实现完全以男性为中心的政治体系的叙事策略。像这种限定女性涉足范围的叙事策略，在《逮下章》中也有所体现。

古之哲后贤妃，皆推德逮下，荐达贞淑，不独任已。③

这一章节的内容在前代的《女诫》与《女论语》中都未曾提及。即一种将男性的妻妾成群合理化，从而削减家中女性作用的叙事策略。这一叙事策略适用于明朝《内训》的原因便在于它是以儒教文化意识形态为基础对国家纲纪进行的整顿。也就是说，以男女的根本差异为基点从而确立以男性为中心的秩序。

---

① 昭惠王后韩氏、陆完贞译《内训》，首尔：悦和堂，1985。
② 昭惠王后韩氏、陆完贞译《内训》，首尔：悦和堂，1985。
③ 昭惠王后韩氏、陆完贞译《内训》，首尔：悦和堂，1985。

那么明朝《内训》所强调的女性之分内事又为何物？即在《事君章》中所强调的内助之事。此章强调了高皇后将内助之事做到极致从而辅佐太祖完成大业。这仿佛与《慎言章》中的禁止女性参政的内容相悖。其实，在《事君章》中有着不可言及朝廷政务的基本规定。因此，内助的范畴并没有脱离限制女性活动范围的叙事策略。

朝鲜《内训》同样以儒教文化意识形态为基础背景进行阐述。由言行章、孝亲章、婚礼章、夫妇章、母仪章、敦睦章、廉俭章七部分构成。此书为朝鲜最初将儒教文化意识形态公式化的女性著作。比起为教育皇室女性而编著的明朝《内训》，更为严谨地说，朝鲜《内训》是昭惠王后为了训诫自己的儿媳而编写的。当时朝鲜成宗的妃嫔众多，但中宫殿的尹妃（1445～1482）却不受昭惠王后的喜爱。尹妃是一位很有主见的女性，但在昭惠王后看来，她与后宫不和、无视长辈、言及政治等行径极为不妥。在朝鲜《内训》的《婚礼章》中对于七去之恶有所明示，有不顺从父母、无子、淫乱、嫉妒、疾病、多言、偷盗行为者，可将其逐出家门。同时，《夫妇章》说"夫妇之恩具废，夫妇离矣"，指出了妻可休之依据。可见，朝鲜《内训》与明朝《内训》相比，更为强调儒教的文化意识形态。在明朝《内训》中并没有关于"七去之恶"的记载，而昭惠王后在朝鲜《内训》中对于"七去之恶"的记载很有可能加入了私人情感。

在朝鲜《内训》的《夫妇章》中以高皇后辅佐明太祖为例，强调了女性的辅佐会给男性带来影响。同时，对于后汉的马皇后辅佐皇儿的事例亦有所记载。

尝与帝，且夕言道政事，及教授诸小王，论语经书，叙述平生，雍和终日。①

母后对于皇儿的政治辅佐也是昭惠王后韩氏将其参政正当化的叙事策略。事实上，在《朝鲜王朝实录》中亦记录了大臣们对于昭惠王后频繁参政的反对。

唐太宗尝与文德皇后议政事，后辞曰："牝鸡之晨，惟家之索，妾安敢预闻政事？"固问之，终不对。以此观之，朝廷大议，非母后所得以议也。殿下一从母后之教，女后专政之端，自此而始，后世子孙，必以此借口，贻谋不臧，莫大于是。

〔成宗271卷，23年（1492壬子/弘治五年十一月二十七日甲午）〕

检讨官权五福启曰："母后沮抑朝政，其弊不小，汉、唐以后，母后干预政事，无有不败者也，殿下若至诚更启，大妃岂有不听之理乎？"上曰："尔等所启，予已知之，然大妃下谚简，岂为干与政事乎？许琮之志虽非，然其志不过欲使良法复行也。"

〔成宗272卷，23年（1492壬子/弘治五年十二月三日己亥）〕

夫人主尊居九重深严之地，东朝又宫掖之最邃者也，

---

① 昭惠王后韩氏、陆完贞译《内训》，首尔：悦和堂，1985。

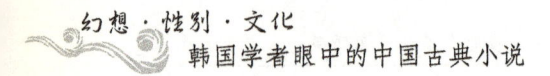

而僧徒恶国令之不便于己，飞语于内，眩惑母后之听，此则失于宫禁之不严也。

〔成宗272卷，23年（1492壬子/弘治五年十二月三日己亥〕

昭惠王后的这种行为不论是明朝《内训》，还是与在自己编写的《内训》中所强调的模范女性形象都极为矛盾。她时而直接向大臣们下教旨，时而左右帝王的政治决定。事实上，朝鲜《内训》的《母仪章》比起明朝《内训》的《母仪章》而言，不论从质还是从量的层面来看都占有很大比重。也就是说，朝鲜《内训》强调了母后的作用，将干政正当化为母仪。

两国《内训》具有相同的向女性传播儒教文化意识形态的叙事策略。然而，与未曾表明自己政治立场的明朝《内训》的著者仁孝文皇后相比，朝鲜《内训》的编者昭惠王后却主动介入政治。其目的正是通过自身的政治力量，将其在《内训》中所主张的内容推广成为全朝鲜的文化意识形态，但这却与朝鲜《内训》里的内容有矛盾。

四　明《内训》之朝鲜传来和贡女

这样看来，明朝《内训》对于朝鲜《内训》的编纂又有着怎样的影响呢？从现存的史料来看，关于明朝《内训》是否传入朝鲜以及对昭惠王后起着怎样的影响并没有具体记载。然而，朝鲜很有可能是在看到明朝所编纂的女性教育书——《内训》之后，刚好对这样一本有着整顿纲纪、教育女性意义的书籍有所需求，便也编写了一本与之同名的《内训》。同以儒教文化意识形态为基础也成为两书最大的共同点。

朝鲜的昭惠王后与明朝皇室也有紧密的关联。前文中所提到的昭惠王后之父韩确与明朝皇帝就极为亲近。并且，昭惠王后的姑姑是朝鲜进贡给明朝的贡女。当时，明皇室要求朝鲜献纳容貌秀美的氏族闺秀。因此，昭惠王后的姑姑被进献给明朝，受到成祖的宠幸后被册封为恭献贤妃。成祖驾崩时，被殉葬。对此在《朝鲜王朝实录》中有以下记载。

使臣言："前后选献韩氏等女，皆殉大行皇帝。"……及帝之崩，宫人殉葬者，三十余人，当死之日，皆饷之于庭。饷辍，俱引升堂，哭声震殿阁。堂上置木小床，使立其上，挂绳围于其上，以头纳其中，遂去其床，皆雉经而死。韩氏临死，顾谓金黑曰："娘吾去！娘吾去！"语未竟，旁有宦者去床，乃与崔氏俱死。

〔世宗26卷，6年（1424甲辰/永乐二十二年十月十七日戊午）〕

恭献贤妃韩氏过世后，昭惠王后的父亲又将其小妹进献给明宣宗（1399～1435）作为后宫。对于将自己的同族姐妹进献给明朝，以享荣华富贵的昭惠王后之父韩确有以下指责。

三使臣陪韩氏，率火者郑善、金安命，赍海青一连、石灯盏石十个回还，上饯于慕华楼。进献使捴制赵从生、韩氏亲兄光禄寺少卿韩确偕行。都人士女望韩氏之行，叹息曰："其兄韩氏为永乐宫人，竟殉葬，已可惜也，今又往焉。"至有垂泣者，时人以为生送葬。

幻想·性别·文化
韩国学者眼中的中国古典小说

〔世宗42卷，10年（1428戊申/善德三年十月四日壬午）〕

庆幸的是，韩确的小妹在宣宗死后并没有被殉葬而被授予了保育皇太子的功勋。因此，不仅是韩确就连他的子嗣也可尽享荣华富贵。

使臣曰："致礼，确之子，确妹，选入朝，为宣宗皇帝后宫，以阿保功，有宠于成化皇帝。与宦官郑同相结，劝帝屡使郑同于本国，勒进服玩饮食之物，备尽细碎，诛求无厌，为生民巨病。又勒令韩氏之族，每岁充圣节使入朝，致礼及其兄致仁·致义，群从致亨·忠仁、姪子佽·偾·健，迭相赴京。带金带犀，皆出帝勒，金银彩段，赏赐无极，韩氏一族，因郑同，坐取富贵，而贻害于国，不可胜言矣。"

〔成宗106卷，10年（1479己亥/成化十五年七月四日戊午）〕

在这样的家庭背景之下，昭惠王后与明皇室的关联是必然的。在《朝鲜王朝实录》中，有着昭惠王后（仁粹大妃）与被进献给明皇室的小姑姑之间往来书信的记录。

仁粹王大妃答韩氏书契曰：侄女怀简王妃韩氏，奉复尊姑韩氏侍下。今因天使到国，钦闻皇帝陛下，茂膺景福，从审尊姑康宁，不胜欣抃。侄女与大小亲戚，平安过活，都是恩眷所及。内中钦赐物件，老王妃以下，俱各钦依只受，皇恩至重，不胜感戴，又受尊姑，多般珍贶，尤切感激。但祝圣寿无疆，兼冀尊姑，永荷皇恩。伏希尊鉴。不腆土宜，俱在别幅。谨拜复。绣囊儿三个、锦线囊儿二个、针家儿五个、青瓜儿八流、獐牙儿十流、细巧文蛤二十流、斑蛤二十流、黄杨木葫芦二十流、扇子一百把、白苎布二十匹、黑麻布二十匹、别幅绣囊儿二个、锦绵囊儿三个、针家儿五个、青瓜儿八流、獐牙儿十流、细巧文蛤三十流、回蛤三十流。

〔成宗117卷，11年（1480庚子/成化十六年五月八日丁亥）〕

从以上书信可以推测昭惠王后对于明皇室的现况极为了解。也就是说，对于明皇室以怎样的方式进行儒教文化意识形态教育有着充分的认识，并意识到朝鲜王室也有进行这一教育的必要。因此，可以推测她沿用了明皇室《内训》的名字，将自己的书名也定为《内训》。

从时隔70余年的两国《内训》来看，可推断明朝《内训》的传入要早于朝鲜《内训》的编写。但在史书中却没有关于明朝《内训》在朝鲜流传的记录，仅留有在朝鲜英祖（1694~1776）时期曾由国王亲自下令刊行明朝《内训》的记载。

行召对，讲《明纪》。参赞官金致垕曰："经书及《性理大全》，皆皇明太宗时所纂也。太宗尊斯文之功大矣。"上曰："解缙等奉勅修《古今列女传》。书成，太宗亲制文序之。我国有《内训》，乃皇明太祖高皇后所作

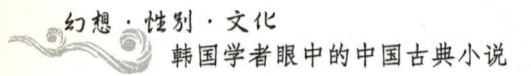

也。予欲刊行。"判府事闵镇远,请使岭营刊行,上曰:"当颁下于玉堂矣。"

〔英祖11卷,3年(1727丁未/雍正五年三月二十六日癸丑)〕

同时,从以下记载中还可得知朝鲜有着将明朝《内训》与《女诫》、《女论语》、《女范捷录》以合刊形式发行的《女四书》的存在。

上御召对,始讲《贞观政要》。上曰:"唐本《女四书》与《内训》无异。古昔圣王之治,必以正家为本,闺壸之法,乃王化之源。此书若刊布,则必有补于闺范,而第有谚释,然后可易晓。"命校书馆印进,使提调李德寿谚释。

〔英祖39卷,10年(1734甲寅/雍正十二年十二月二十日辛酉)〕

此后,英祖为明朝《内训》撰写序文,被译成训民正音(朝鲜时代的韩文)后出版。

上下《女四书》亲制序文,命弘文提学李德寿谚译入刊。

〔英祖42卷,12年(1736丙辰/乾隆元年八月二十七日戊子)〕

英祖曾在1736年(英祖十二年)颁布的《御制女四书》

的序文中写道"是故皇明仁孝文皇后,作《内训》二十章,我朝昭惠王后,亦述《内训》七篇而垂教,此正前圣后圣,其旨一也"。揭示了两书具有相同的思想内容。同时,英祖还写道:"予于昔年,偶得唐本一书,其名曰《女四书》。"揭示了得到此书的年份为1735年。可见,明朝《内训》虽早已传入朝鲜,但最初是于1735年以《女四书》的形式传入。且可推测符合朝鲜国情的昭惠王后的《内训》亦起到了女性教育书的主要作用。

五 女性著者与文化意识形态

建立于15世纪的明朝与朝鲜都将儒教作为统治国家的理念。在元灭亡后,想要整顿混乱的国家秩序的明朝与想通过儒教纠正以佛教为中心的高丽风气的朝鲜两国,女性教育书——《内训》的出现,不仅对皇室女性有着教育意义,还确立了指引民间百姓的文化意识形态。两书的作者同为学习儒教的有着极高身份的女性知识者。在文盲多为女性的当时,极少有人具有可以编写女性教育书的能力。明朝的仁孝文皇后与朝鲜的昭惠王后虽为女子,但她们的"社会性别"(Gender)却更靠近男性。这两位女性作者都极为崇尚儒教文化意识形态,并且依靠着强大的政治力量使得自己在书中所主张的思想,得以从皇室延伸至民间百姓。

原文发表于中国人文学会编《中国人文科学》(韩国),2010年第四十四辑,收入本书有所修改。

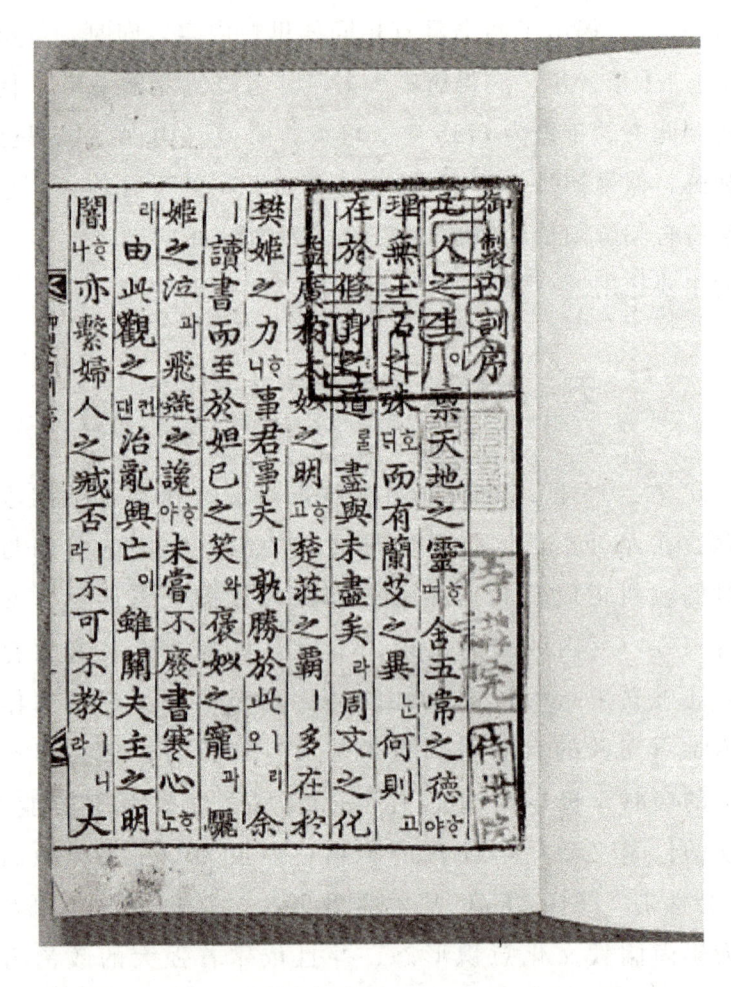

幻想·性别·文化
韩国学者眼中的中国古典小说

万历三十九年（1612）御制昭惠王后韩氏《内训》
汉文和训民正音（朝鲜韩文）并记本：序文说"凡人之生，禀天地亡灵，含五常之德"。

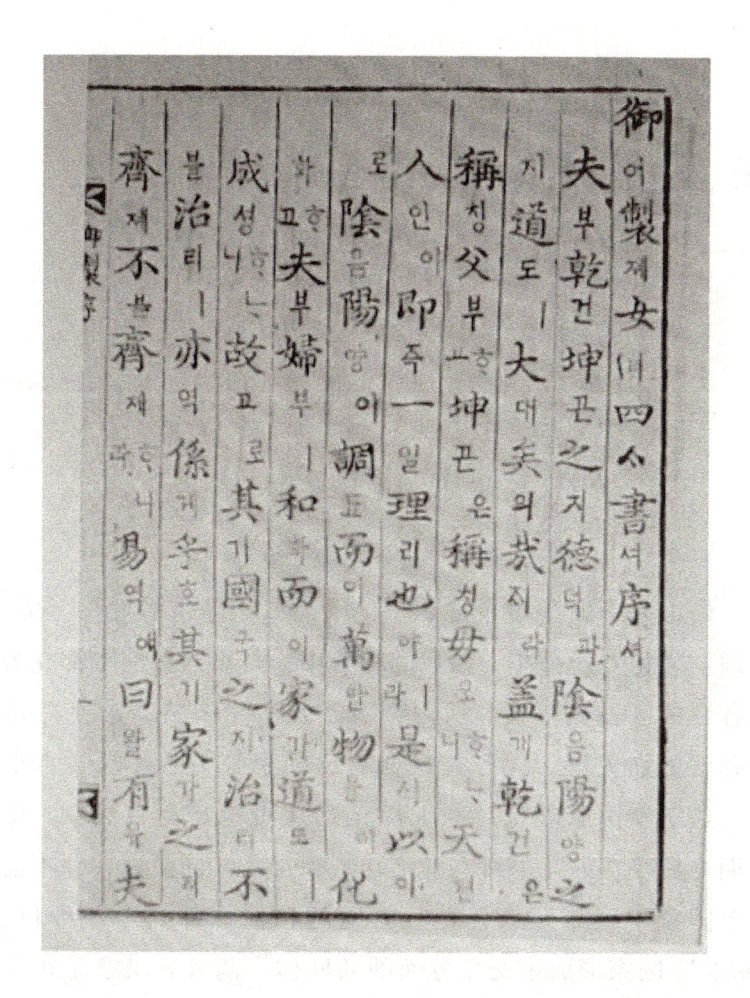

《女四书》

乾隆二年（1737）汉文和训民正音（朝鲜韩文）并记本：序文说"夫乾坤之德，阴阳之德大矣哉"。

东亚爱情类传奇之探索
——关注幻想以及女性

一 引言

最近"东亚"这个话题一下子离我们越来越近了。历史、地理、文化方面都非常相似的韩、中、日三国目前也都在为追求各自的利益而呼喊。所以,对于到底什么是"东亚"这个问题就更加关注了。各方根据自己的利害关系,既联合也反目,这三个国家既是"东亚"的组成者也是竞争对象。传统时期之后存在的几乎所有的文化现象都是一同而论,并不会把三个国家单独分开来讨论。三国的相似性都到了这种程度。"东亚"国家形成了文化方面的共同体。儒教和汉字是东亚国家所共有的,起了巨大的滋养作用。其中,韩、中、日三国形成了既类似又有不同之处的思维方式。本文的重点也正是"东亚"这个主题。其中,本文所关注的地方主要是传统时期韩、中、日的文人曾共同享有过的文学的一个形式——传奇。传奇最早是由中国唐代开始的文学,它的对象是知识分子阶层,即把儒教作为中心思想的士人[①]阶层。但是这种传奇不仅在唐代以后在中国延续了它的形式,而且还传到了韩国和日本。即在"东亚"这个基础上,传奇是引发了韩、中、日三国文人相似的感受性的这样一种共同的文化形式。

本文也想要把研究的中心放在传奇文学中的讲述男女爱情的爱情类传奇上,并且也想考察一下在儒教秩序中被禁止的男女的爱情以文学的形态来表现。

笔者认为,这种考察的过程以及东亚各国的爱情类传奇具有的叙事特性都对掌握它们的思维方式所形成的文化层位很有帮助。同时,本文不仅包括韩、中、日三国,更进一步也将把越南的爱情类传奇作品也包括在研究的对象之内。虽然从地理的角度来看,越南和韩、中、日有一定的距离,但是在文化方面越南是共有儒教和汉字的国家,并且也是因为越南也有着文人们享有的传奇文学。

研究的作品主要有中国传奇文学唐代的爱情类传奇和继承了它的宋代的爱情类传奇、元代的《娇红传》等中篇传奇作品。同时还有明代的《剪灯新话》,并把《剪灯余话》作为主要的文章。韩国作品中主要参考了《新罗殊异传》和朝鲜的《金鳌新话》以及《企斋奇异》。日本的作品主要以受明代的《剪灯新话》和朝鲜的《金鳌新话》的影响而著成的《伽婢子》为中心,越南的作品主要考察了《传奇漫录》。

二 爱情类传奇之形成

1. 爱情类传奇之出发

本来,所谓传奇的这种叙事的出发是从中国的唐代开始

---

① 有关"文人"和"士人"的概念,请参见第8页脚注。

的。这是以进士科为媒介而形成的士人团体的叙事文章，通过有意性虚构的运用，作家意识的水平与前代相比有了飞跃性的扩大的一种叙事。正如传奇这个用语所展现给我们的，通过"传"这种历史叙述的方式来记述"奇特的"事件，这与传奇所带有的双重性的特征有关。即在制度圈的叙事方式——"传"这个碗里面装下脱离性的非制度圈内的题材——"奇"，传奇不仅作为知识阶层的叙事文来代言他们的思想，在潜在的意义这一方面反而带有探知对现有秩序的挑战的一面，特别是以男性和女性的爱情为题材的爱情类传奇更把这种双重性的性格加深了一层。众所周知，传统时期的中国社会被儒教这个共同的文化圈所包含，儒教规定的男性和女性的秩序没有比这个更严格的了。由于儒教伦理中，男性和女性的自由恋爱被禁止，所以男女对对方所怀有的那种欲望只能以一种扭曲的形式表现出来，由此爱情类传奇在记述被禁止的男女爱情故事的同时，对于制度圈域内问题的解决也很有意义。

　　唐代传奇的作者一般都是准备进士科举考试或者已经合格的士人，他们是受到儒教素养教育的男性知识分子，对他们来说自由恋爱是不可能的事情。并且在重视出身门第的唐代社会里，妄想自由恋爱就只能被禁忌。但是人类天生的欲求是想要讲述、聆听，描写男女的恋爱故事，唐代的士人也都有着这样的欲求。在这种情况下，爱情类传奇就起了"行卷"这样一种作用。行卷是指唐代的士人为了在科举及第和任官方面占有优势，在科举考试之前把自己的诗文给考官和当时的有名人士来看。并且唐代的科举制度是可以看到应试者的名字的一种科举制度，所以考官在选拔方面掌握了所有的权限。因此，士人在科举考试之前做好"行卷"并且献给考官看是非常重要的。

对唐代士人的这种"行卷"行为，鲁迅在《有关文学史问题的问答》中有着如下说明：

> 唐以诗文取士，但也看社会上的名声，所以士子入京应试，也须豫先干谒名公，呈献诗文，冀其称誉，这诗文叫做"行卷"。诗文既滥，人不欲观，有的就用传奇文。①

正如上面所讲的唐代的士人们，把传奇作为行卷的一部分使用。即传奇起了向高层人士委托文章的这样一种作用，所以传奇中叙述的爱情故事应该适合高层人士，也就是唐代"支配意识形态"的行使者阶层看。即使是记述男女间的自由恋爱故事，但是记述的方式这一点应该要使用传统的制度圈的主流方法。并且在爱情类传奇中唐代的士人以及男性知识分子对爱情的思维方式也有所经营，并且爱情类传奇在支配意识形态的管制下而实现。换句话说，爱情类传奇使用"传"这种历史的叙述方式既继承了传统性也满足了人类的趣味，所以它就有了存在的意义。

在本考文唐代的爱情类传奇作品有《游仙窟》、《任氏传》、《离魂记》、《柳氏传》、《李章武传》、《柳毅传》、《霍小玉传》、《李娃传》、《长恨歌传》、《莺莺传》、《周秦行纪》、《无双传》、《杨娼传》、《玄怪录·崔书生》、《续玄怪录·定婚店》、《传奇·孙恪》、《传奇·郑德璘》、《传奇·薛昭》、《传奇·裴航》、《传奇·张无颇》、《传奇·封陟》、《传奇·

---

① 鲁迅著、赵宽熙译注《中国小说史略》，首尔：生活出版社，1988。

曾季衡》、《传奇·萧旷》、《传奇·姚坤》、《传奇·文箫》、《传奇·颜浚》、《三水小牍·步飞烟》，一共27篇。

2. 爱情类传奇之继承

宋代的爱情类传奇基本上是在继承了唐代的爱情类传奇的基础上来叙述的，只是宋代的作者也就是文人阶层并不把传奇作为行卷来使用。所以宋代爱情类传奇的创作意识是与唐代截然不同的，在宋代记述当代的事件是被禁止的，所以作家们自然而然地就只能记载前代的故事了。具有代表性的作品主要有乐史的《绿珠传》、《杨太真外传》以及秦醇的《赵飞燕别传》，都是以宋代之前的事件为题材而作的。宋代的文人也是忠实于儒教意识形态的阶层。所以，他们的作品中都插入了作者宣扬宗法秩序、赞扬有礼节的女性的这样一种呼声。比如说，《绿珠传》的结尾部分女主人公绿珠为了自己的主人自杀的行为受到了如下的称颂。

> 盖一婢子，不知书，而能感主恩，愤不顾身，其志烈懔懔，诚足使后人仰慕歌咏也……至有享厚禄，盗高位，亡仁义之性……节操反若一妇人，岂不愧哉？[①]

唐代的爱情类传奇适当地反映出了对制度圈的背离以及个人的欲望。与此相比，宋代的爱情类传奇就没有太多反映出作者极其的苦闷。它只是起了一种士人为了满足自身而写的文章的这样一种作用。由此相比，进入元代以后传奇的篇幅变长，开始有了中篇的传奇作品。这个时期爱情类传奇的作者在白话

---

① 鲁迅校录《绿珠传》，载《唐宋传奇集》，齐鲁书社，1997，第170页。

小说的影响下与前代相比读者的领域也开始扩大，从而爱情类传奇的性质也不仅仅局限于雅而是更进一步，也包括了俗。

这个时期的代表作主要是宋梅洞的《娇红传》。元代在蒙古族的统治之下科举制度被废止，汉族的知识分子不能涉足社会，所以他们都大举开始了传奇作品的创作。到了这个时代，与唐代的爱情类传奇作品相比结构变得更复杂了，并且相对于悲剧性的结尾来说，有一种考虑大众的喜好，偏重于大团圆的结尾构造的倾向。只有宋梅洞的《娇红传》是以悲剧来结尾的，这是因为它与唐代的《莺莺传》有着直接的继承关系。对此明代高儒的《百川书志》中有如下指摘。

> 本《莺莺传》而作，语带烟花，气含脂粉。凿穴穿墙之期，越礼伤身之事，不为庄人所取。

正如以上所提到的《娇红传》是以《莺莺传》为基础而作的，讲的是私奔的故事，这个作品受到这样的评价，在文学方面的成就远不及《莺莺传》。原因是在《娇红传》中插入的诗歌的水平并不太高，女主人公娇娘的形象也没有像莺莺那样有着既细致又生动的描写，但是《娇红传》男女主人公的爱情和唐代《莺莺传》中的爱情关系相比较时可以发现下面几个特别的地方。《娇红传》中插入了一些强调女主人公的处女性的描写。

> 一饷欢娱，而娇娘千金之身自兹失矣，欢娱之际，不觉血渍生衣。娇乃剪其袖而收之曰，"留此为他日之验"。[①]

[①] 宋梅洞著、具良根译《娇红传》，首尔：松山出版社，2003。

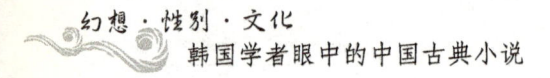

与此相比，在《莺莺传》中这一点并没有被强调，并且《娇红传》中的女主人公只是等待男主人公而最后死去，但是《莺莺传》中的女主人公毫不留恋与别的男性结婚了。由此与唐代的爱情类传奇相比，更加顺应以男性为中心秩序的女主人公的形象可以说是元代爱情类传奇所具有的特性。即与唐代相比，元代的文人作家把儒教意识形态投射到作品当中了。原因是与在蒙古族的统治之下汉族男性知识分子的心理情况有关。元代的汉族男性知识分子没有把自己的意愿向社会表露的方法。他们把写作当做现实中筹措金钱的方法的同时，也通过写作来满足自身在社会方面被压抑的欲求。其中，汉族知识分子展现出了对宋代中期以后强调的儒教意识形态期待的倾向。即通过制约统治女性的措施想要减少自身心理方面的不安，像这种汉族知识分子的倾向到了明代就更加明显了。由此明代的爱情类传奇中，经过元代而形成的"关于女性贞洁的强调和赞美"被明显地衬托出来。

3. 爱情类传奇之集大成

明代的爱情类传奇不仅模仿了唐代爱情类传奇的题材方面，也模仿了作品的框架以及语言的描写。具有代表性的作品《剪灯新话》是瞿佑著成的传奇集，对此鲁迅在《中国小说史略》提到以下方面。

> 《剪灯新话》，文题意境，并抚唐人，而文笔殊冗弱不相副，然以粉饰闺情……故特为时流所喜，仿效者纷起。

正如鲁迅所说，《剪灯新话》在根源方面与唐代传奇有着密切的关系。由此可以说,《剪灯新话》收入的爱情类故事也是模仿了唐代爱情类传奇并重新创作的。例如《剪灯新话》中的《秋香亭记》中不仅大众一致认为它与元稹的《莺莺传》相同①,并且在《剪灯新话》全篇中都有唐代爱情类传奇的许多作品被当做典故来使用。表1整理出了唐代爱情类传奇和明代《剪灯新话》的相互关系,证明了《剪灯新话》创作的原动力是与唐代的爱情类传奇相关的。

表1 唐代爱情类传奇对后世写作的影响

唐代爱情类传奇	《剪灯新话》
《离魂记》	《金凤钗记》
《柳氏传》、《长恨歌传》	《爱卿传》
《柳氏传》、《无双传》	《翠翠传》
《莺莺传》	《秋香亭记》

如果说唐代爱情类传奇的作者对被禁忌的爱情故事以偏离性的方式来叙述的话,那么明代爱情类传奇的作者瞿佑,他就是对自身不幸处境的投影而记述了爱情故事。瞿佑是元末明初的文人,虽然文才出众,但是历任较低的官职遭遇流放生活等,度过了并不平坦的一生。并且明代初期明太祖镇压知识分子,筹划复兴严厉的儒教意识形态。所以瞿佑对社会的不满就自然地通过执笔来表现出来。

《剪灯新话》中与鬼神的恋爱、幻想、道术等故事引起了当时人们的注意。这本小说出版的第二年即1442年2月,当

---

① 《剪灯新话·序》:"至于《秋香亭记》之作,则犹元稹《莺莺传》也。"

时担任国子监祭酒的李时勉,给皇帝上书谏言儒学者摈弃正确的学问,不分日夜地阅读《剪灯新话》这种怪异的故事来扰乱人心。由此明英宗对《剪灯新话》实施了禁书措施。明代统治阶级认为《剪灯新话》中讲述的男女自由恋爱,与鬼神的相见、变身,到其他世界的旅行等故事是对现实体制的批判和挑战的探索。禁书政策是由此而来的。《剪灯新话》不仅讲述当时社会的禁忌和欲望,也不符合制度圈的体制。这本小说的人气太旺了,以至于出现了模仿作品《剪灯余话》和《觅灯因话》。《剪灯余话》的作者李祯也以叙述怪异故事为罪,被禁止出入地方的祠堂。由此可知,明代社会比之前的时期更加固守充实于儒教形态的社会原则。并且明代的爱情类传奇作品不仅叙述了男女间的自由恋爱,更明显体现出了对女性贞节的强调。这个时期,女性的贞节成为维持儒教社会秩序的手段。不仅如此,明代社会更有着虐待女性的倾向,甚至劝她们自杀。举个例子,明太祖去世以后,伺候他的40个宫女中有38个宫女自杀。由明成祖的皇后仁孝文皇后编纂的《内训》中,赞扬为守住贞节而自杀的女性。《剪灯新话》中也描述了坚守贞节的女性,以及对一个男人的女性的一贯纯情。比如说,其中《金凤钗记》的女主人公思念已经订婚的男性,等离世以后借妹妹的身体,与那个男人结为夫妻。《翠翠传》中的女主人公开始时思念先去世的丈夫,后来没有守住贞节,自责自己的身世后来得病而死。《爱卿传》中的女主人公妓女爱卿避开凌辱,用绸缎上吊自杀了。《剪灯余话》也是类似的。《连理树记》中讲述了离开丈夫后自杀的女性,《鸾鸾传》中的女主人公选择的是丈夫死后火葬的时候跳入火场,与丈夫同归于尽的方式。《琼奴传》中的女主人公找到未婚夫的尸首以后就自杀了，为了赞誉她的贞节，甚至还立了旌表。像这种明代爱情类传奇作品对 15 世纪下半期朝鲜的传奇作品《金鳌新话》的诞生有很大影响。同时，明代爱情类传奇中强调的女性贞节的部分，也被用作《金鳌新话》中的主要叙事要素。

本文中，《剪灯新话》中的《金凤钗记》、《联芳楼记》、《腾穆醉游聚景园记》、《牧丹灯记》、《渭塘奇遇记》、《爱卿传》、《翠翠传》、《鉴湖夜泛记》、《绿衣人传》、《秋香亭记》和《剪灯余话》中的《连理树记》、《鸾鸾传》、《凤尾草记》、《琼奴传》、《芙蓉屏记》、《秋千会记》、《贾云华还魂记》会被作为讨论的对象。

三 爱情类传奇在东亚之传播

1. 在朝鲜之传播

唐朝的文化与朝鲜古代文化中新罗的文化有着密切的关系，这也有着新罗受到唐朝的帮助而统一三国的政治方面的原因。新罗不仅频繁地和唐朝交流使臣和文物，并且派遣了大量的留学生和僧侣到唐朝去。在这种情况下，唐代的典籍和文学作品就传到了新罗，并且推断唐代的传奇作品也流入了新罗。虽然没有传奇作品传入新罗的这种确切的历史记录流传至今，但是现在韩国奎章阁中，不仅有中国木板的《宣室志》、《独异志》等传奇集，而且在《朝鲜王朝实录·成宗实录》的《成宗 24 年》条项中，提到了段成式的《酉阳杂俎》，并且在《唐书》中记载了《游仙窟》传到新罗。由此推断认为，唐代的传奇作品已经有很大一部分流入新罗时代了。在唐代传奇的影响之下，新罗时期的崔致远作的《新罗殊异传·双女坟记》

在创作意识方面与唐代爱情类传奇有着直接的继承关系。崔致远是新罗人，12 岁的时候来到大唐，乾符元年（874）考中进士，中和元年（881）成为淮南节度使高骈的巡官。淮南节度使高骈以前就对神仙和服药有很大的喜好，所以他周围都是对道教感兴趣的幕僚们。而且，《传奇》的作者裴铏也在高骈的麾下。所以崔致远在高骈手下的时候，自然而然地就领会到了裴铏的《传奇》中叙述的神仙、鬼神等韵味，这成为后来崔致远创作《双女坟记》的原动力。

《双女坟记》是讲述两个亡魂女性和人间男性，即和被称作"我"的崔致远本人恋爱的作品，这部作品中随处可以看到唐代爱情类传奇的痕迹，情节的展开和语言的描写受到《游仙窟》的影响尤为明显。比如说《双女坟记》的开头描写的偏僻幽静的空间背景和《游仙窟》非常相似。并且《双女坟记》和《游仙窟》都是男主人公在见到女主人公之前都先见到中介者，男女主人公见面以后通过诗来表达感情的这一点也是一致的。并且两个作品都描写了男主人公和女主人公的同寝过程，在文体方面也是不用古文体，而是用了骈丽体来记述。不仅如此，《双女坟记》中用的典故也体现了和唐代爱情类传奇作品《任氏传》有关的一句。即在女主人公九娘所作的诗中，有着"不学任姬爱媚人"的一句，这里的"任姬"指的是沈既济的《任氏传》中的女主人公。

如果说《双女坟记》和唐代的爱情类传奇有着密切关系的话，与此相比，朝鲜的传奇作品金时习的《金鳌新话》和明代的《剪灯新话》在创作方面有着异曲同工之处。虽然不确定《剪灯新话》是何时传入朝鲜的，但是学者大致推断在 1421~1443 年。其依据之一是金时习的《题剪灯新话后》中有其在作《金鳌新话》之前读过《剪灯新话》的记录，其根据之二是《剪灯新话》的模仿作品之一《剪灯余话》也曾在朝鲜诗歌作品《龙飞御天歌》（1443年注释本）的内容中被提及。由此可以判断《剪灯新话》至少在1443年以前传入朝鲜。《金鳌新话》的作者金时习不同意朝鲜世祖（1455～1468）的王位继承行为，是世称的"生六臣"中的一位，抱有对政治现实的不满。他想要通过《金鳌新话》的爱情类作品来展现自己对朝鲜端宗（1452～1455）的节义。《万福寺樗蒲记》、《李生窥墙传》中抵抗外敌最终丢掉性命的女主人公，以及《醉游浮碧亭记》中坚守贞操最后成为仙女的女主人公，不是别人，可以说这正是金时习自身的样子。正如这些作品中所展示的，朝鲜的爱情类传奇作品中，对女性贞节这部分成为叙事中非常重要的一个中心。作者金时习通过女性坚守贞节来陈词自身的情况，这意味着朝鲜时期，在性理学的支配下女性的贞节问题曾是非常重要的意识形态。即朝鲜社会体现了比中国唐代以及明代，更加以男性为中心的秩序。所以，《金鳌新话》中的爱情类传奇作品与其他东亚爱情类传奇作品相比，讽喻的倾向更加浓厚一些。朝鲜中期，学者金安老（1481～1537）曾经给予《金鳌新话》"述异寓意"[1] 这样一句评价，对《金鳌新话》的爱情类传奇作品要给予多层的解析。之后，朝鲜明宗年间（1553）刊行的申光汉《企斋记异·何生奇遇传》通过人鬼恋爱批评朝廷政治，是有寓意的爱情类传奇。[2]

---

[1] 金安老：《龙泉谈寂记》，载《国译大东野集》，首尔：民族文化推进会，1971。

[2] 申光汉、朴宪淳：《企斋记异》，首尔：凡友社，1990。

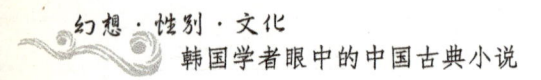

2. 在日本之传播

明代传奇《剪灯新话》不仅对朝鲜的《金鳌新话》产生了很大影响，并且传入了日本，成为1666年浅井了意创作《伽婢子》的推动力。在这个过程中，独特的一点是朝鲜的《金鳌新话》和中国《剪灯新话》的朝鲜所刊的注释书《剪灯新话句解》（1421）对《伽婢子》的形式起了决定性的作用。特别是日本传奇的产生过程中，与中国的《剪灯新话》相比，朝鲜的注释书《剪灯新话句解》的影响反而更大，这一点是很吸引人的。《剪灯新话句解》超出了单纯注释书的角度，还有着提供各种资料，使人更用力理解这部作品的意义。《剪灯新话句解》是朝鲜明宗时期尹春年（1514~1567）、林芑（？~1592）所作的。其中，尹春年平日把金时习奉为朝鲜的孔子，非常尊敬他。由此，尹春年也推崇金时习不仅坚持性理学，还坚持道教、佛教、儒教三教融合的态度。在此基础上，《金鳌新话》的朝鲜版本也被编写了。正如此，由尹春年编纂的《金鳌新话》和《剪灯新话句解》传入了日本，受到了前所未有的欢迎。在这本书的基础上，浅井了意出版了《伽婢子》这个改写本。《伽婢子》的作者浅井了意是武士阶级出身的僧侣，非常接纳《金鳌新话》中讲述的三教一致的思想。《伽婢子》中，《游女宫木野》、《真红丝带》、《牡丹灯笼》、《以歌曲缔结的姻缘》、《金阁寺幽灵的契约》是爱情类传奇作品，《游女宫木野》、《真红丝带》、《牡丹灯笼》、《金阁寺幽灵的契约》分别是《爱卿传》、《金凤钗记》和《牡丹灯记》的改写本。并且《以歌曲缔结的姻缘》是根据《金鳌新话》中的《李生窥墙传》改写的，由明代《剪灯新话》发源的意义领域由韩、中、日三国共享并且被再创造。在此，可以再次确认，日本的传奇作家浅井了意以更加通俗和自由的角度来看《剪灯新话》和《金鳌新话》中描写的男女爱情故事。这是由于当时日本社会在儒教，即性理学的意识形态方面更加自由。日本以一种传统的信仰和在佛教的基础上产生的固有的思维方式，对男女的爱情故事以宽大的角度来看。由此，在日本的《伽婢子》中，为坚守贞节而不惜性命的这种框架和《金鳌新话》中《李生窥墙传》的改写本《以歌曲缔结的姻缘》差不多程度，并且与明代的《剪灯新话》和朝鲜的《金鳌新话》相比并不算多。加上作者浅井了意在《伽婢子》中收录了很多插画，帮助读者理解。所以《伽婢子》的读者就从文人层扩大到一半妇女层以及识字的百姓。《剪灯新话》和《金鳌新话》等传奇作品是文人阶层的专享作品，与此相比，这可以说是日本传奇作品的不同之处。

3. 在越南之传播

越南和中国最初建立直接的关系是公元前3世纪末遭受汉武帝的武力征服开始。从那开始1000年左右，越南就一直在中国的影响下，汉字文化也是这个时候传入越南的。但是儒教文化真正在越南立足是在进入15世纪以后开始。15世纪越南的黎王朝推翻明朝的统治，建立了独立国家以后把儒教当做国教，把儒教理念作为统治的根本原理。为了积极地兼容儒教文化，不断绝和明朝的关系，实行了积极的文物交流政策。由此推断，在这种情况下，《剪灯新话》就自然地传入了越南。且进入16世纪初，越南的传奇文学阮屿的《传奇漫录》创作完成。在《传奇漫录》序言中，有这样一句话："观其文辞，不出宗吉藩篱之外。"由此可以确定越南的传奇作品《传奇漫录》是受到《剪灯新话》的影响而创作的。不仅如此，在内容方面《传奇漫录》也收录了很多与《剪灯新话》相似的内容。《木棉树传》、《西垣奇遇记》、《昌江妖怪录》与《剪灯新话》的《牧丹灯记》框架差不多，《丽娘传》与《翠翠传》、《金凤钗记》、《秋香亭记》都有关系。《龙庭对讼录》受《永州野庙记》影响。《传奇漫录》的作者阮屿是在科举考试中合格并被授予官职的文人，他基本上是把儒教作为根本的。何善汉所作的《传奇漫录》序言中讲道，"然有警戒者，有规箴者，其观于世教，岂小补云"。[①]《传奇漫录》中的内容大部分都是与儒教的道德范畴相关联的。特别是爱情类作品高度称颂女性的节义，把女性对男性的节义比作对国家的爱国和忠诚。《传奇漫录》的后面部分收录了叙述作者的主观性评价的议论文。这种议论文在唐代传奇中也是经常用的手法，目的是把作家的意识形态内在化，使读者同意作者的思维方式。特别是传奇作品中附加的议论文几乎毫无例外地高度评价女性的贞节，这表示阮屿的特性与《剪灯新话》和《金鳌新话》的作者有着基本的共同点。

本文把《快州义妇传》、《木棉树传》、《西垣奇遇记》、《龙庭对讼录》、《徐式仙婚录》、《昌江妖怪录》、《翠绡传》、《南昌女子录》、《丽娘传》作为研究作品。

四　东亚爱情类传奇之幻想和女性

幻想和女性有着不可分离的关系。正如萨义德（E. Said）所说，"女性是由男性权利的幻想而造就的产物"，幻想的特

[①] 阮屿著、朴熙秉译《传奇谬录》，首尔：石枕出版社，2000。

性和女性的特性经常被等量齐观。幻想属于"奇"的领域，它不是中心的而是周围的，不是公共的而是私事的。探究东亚的爱情类传奇时，讨论幻想和女性问题是必不可缺的一项。中国唐代的李肇已经在《唐国史补》中写到幻想和女性具有相同的属性，如下文：

> 言应报、叙鬼神、征梦卜、近帷薄，悉去之。纪事实、探物理、辨疑惑、示劝戒、采风俗、助谈笑，则书之。①

《唐国史补》中，李肇只把既现实又真挚的叙事作为选定的对象，但是这里提到的报应、鬼神和灵魂、梦和预言及女人的艳情等不能列入叙事的范围。反而，事物的原理、疑惑的分辨、训诫和警告等最终属于幻想的领域。从日本的传奇《伽婢子》中也能发现与此相似的逻辑。来看《伽婢子》这个题目的寓意，"伽"是指夜谈，即怪奇谈的意思；"婢子"是埋掉死人的时候一起合葬的侍女像，指的是俑。《伽婢子》从题目上已经体现出幻想和女性的亲缘性的叙事。那么东亚爱情类传奇作品中，幻想和女性有着什么样的意义呢？爱情类传奇的作者是以怎样的目的来叙述有关幻想的故事以及时而叙述和女性的恋爱故事的？下面来看一下东亚爱情类传奇是以怎样的方式来运用幻想的。

1. 作为幻想文学之爱情类传奇

在讨论"奇"在东亚爱情类传奇作品中有着怎样的意义

---

① 李肇：《唐国史补》，上海古籍出版社，1983。

之前,先来概括一下东亚各国固有的"幻想理论"。东亚各国都已经积累了一些自己的理论。中国从"幻奇论"和"虚实论"两个层面展开了幻想的理论。其中"幻奇论"是肯定幻想本身是存在的这样一种意义。它主张赋予看不见的世界一种真实,幻想不是为了辩护显示的某种逻辑而存在的。与此相比,"虚实论"认为幻想是虚构的,在真实的角度来把握现实,主张幻想的效用性。这是认为幻想虽然不是真实的但是由于有着比喻显示的作用,所以认为幻想是很有意义的。这种"幻奇论"和"虚实论"的立场和朝鲜的幻想理论也是相关联的。其中,高丽时期李奎报(1168~1241)的《东明王篇·序》和一然的《三国遗事·纪异第一》中,以"幻奇论"的立场说明了幻想。在这些文献中,强调了与东明王有关的幻想性的故事虽然"神异",但是不"怪"。认为把"怪"看作比较低级的,而"神异"就被定位于比"怪"更高级一些。"神异"确实是看不见的世界,但有着真实的意义。朝鲜的传奇作品《金鳌新话》、《万福寺樗蒲记》中,描写了与死去的处女的爱情和离别,《李生窥墙传》中叙述了妻子的轮回。而且,《企斋记异·何生奇遇传》中也说明了男主人公和已死去的处女同寝后,处女复活,最后男主人公成为处女家的女婿,立身处世。

在这些作品中,鬼神的存在被假定为真实的事情。虽然相互所属的世界不一样,不能很容易就看到,但是绝不是断绝的,而是可以联系的。这些作品的幻想性的假设表明了幻奇论的立场。但是,同样的作品中,对幻想的假设与虚实论的幻想论也是有关系的。《李生窥墙传》、《醉游浮碧亭记》、《何生奇遇传》等展现出来的幻想的假设与李奎报的逻辑有所不同。

通过这些作品中展现的人和鬼神的见面，作者用寓意的方式来叙述现世的情况。也就是说，《金鳌新话》和《企斋记异》中的幻想具备"幻奇论"和"虚实论"这两种幻想。与此相比，日本的幻想理论与形而上学的思索性的角度相比，他们更专注于可以看到的形而下学的角度，与他们的神话性的想象力联系起来看的话，想到他们在传统的神道的基础上悠然自得地接受外来的佛教的时候，可以看出，这与中国和韩国都是有区别的。日本的传奇作品对现实的欲望赋予绝对的价值。并且，如果说存在与自己不同的另外一个世界的话，不会把那个世界的不同放置于此。比如说，《伽婢子》的《真红丝带》、《牡丹灯笼》、《金阁寺幽灵的契约》中叙述了，人类和鬼神见面以后，佛教的僧侣们会祭祀或者诵读佛经祝文以安定局势，从而符合现实的逻辑。这意味着日本的幻想文学中最重要的就是"现实"，与"现实"不同世界的存在最终都会从"现实"的角度来再次解析。越南主要由于多次受到外部势力的侵略而经历了摸索自身身份的过程，并且受到儒教意识形态的强烈洗礼等，所以他们的幻想理论也是对现实的比喻作用比较大。《传奇漫录》的序文中讲道"观其文辞，不出宗吉藩篱之外"，"然后警戒者，有规箴者，其观于世教，岂小补云"，这是说瞿佑的《剪灯新话》中使用的幻想性的要素并不是完全符合道理，但是在教化和治理世上方面有效果的话，还是有价值的。即幻想是为了再次解析现实而选择的比喻。

如上所讲，东亚爱情类传奇都把幻想当作叙事的重要的一个轴来使用，这种幻想的意义和价值大致可以从两个方面来讨论。第一个方面是探索人间的男性和超现实的存在的女性间的恋爱，即人类和仙女，或者是和鬼神或者妖的恋爱所具有的意义。第二个方面对有关实现这种恋爱的超现实的时间空间的假设的研究。其中，考察与超现实的存在而进行的恋爱的工作，在分析心理学的角度看来与荣格的主张也是大体一致的。弗洛伊德把幻想假设成为满足受到挫折后的本能的冲动而起的一种作用，荣格在他的理论基础上更进一步把幻想规定为超出本能冲动的意图。根据荣格的观点，幻想是和人类的原始冲动有关系的。不仅如此，由于荣格的幻想有着不能用现实的逻辑来解释的预言和法则，所以与专注于无意识的欲望的雅克·拉康（Jacques Lacan）的理论也是可以连接起来的。拉康说过"无意识像语言一样是有结构的"，换个说法这句话就是"幻想是像语言一样有结构的无意识的表现"。如果把这种幻想的概念用爱情类传奇的解说来解释的话，可以说追求与仙女、鬼神、妖等的恋爱是和作者的心理有着密切的关系的。唐代传奇的《游仙窟》、《周秦行纪》、《玄怪录·崔书生》、《传奇·裴航》、《传奇·封陟》、《传奇·萧旷》、《传奇·文箫》、《传奇·颜浚》中讲述的与仙女的恋爱以及《柳毅传》、《传奇·张无颇》中与龙王女儿的见面，都是想成为超现实的存在的人类的愿望。这也与《剪灯新话·鉴湖夜泛记》中讲述的仙女和人间男性的不同寻常的见面也是一致的。同时，《金鳌新话·醉游浮碧亭记》也是通过与超现实的恋爱这种幻想性的手法来无意识地表现对人类和世界合一的追求。《传奇漫录》中的《徐式仙婚录》也可以被解释为想要完成人类本然的太古类型。东亚爱情类传奇频繁地描写了人类男性和鬼神女性的恋爱，或者和变身的狐狸及精灵的结合。唐代爱情类传奇中的《任氏传》、《李章武传》、《传奇·薛昭》、《传奇·曾季衡》写的是和鬼神女性的恋爱，《传奇·孙恪》、《传奇·姚坤》写的是和变身的动物之间的爱情故事。同时，《剪灯新话》中的《金凤钗记》、《腾穆醉游聚景园记》、《牡丹灯记》，《绿衣人传》中也有鬼神女性登场。不仅如此，新罗《殊异传》的《双女坟记》和朝鲜《金鳌新话》的《李生窥墙传》、《万福寺樗蒲记》、《企斋记异·何生奇遇传》中也描写了和鬼神女性的结合。越南的《传奇漫录》中收录的《木棉树传》、《昌江妖怪录》也是从同样的角度记述了和鬼神女性的结合。在当时的儒教秩序中是不可能自由恋爱的，这种和异类的恋爱正是使这种恋爱的欲望来发泄出来的作用。即异类这种幻想的假设是从寓意的意义上来阅读的。但是也可以被解释为想要恢复生和死的世界的感性曾经相通的那个时期的痕迹的这样一种无意识的发现。在描写和鬼神女人或者变身的妖的恋爱故事的时候，特别要注意的是《剪灯新话》的《牡丹灯记》、《伽婢子》的《牡丹灯笼》、《传奇漫录》的《木棉树传》和《昌江妖怪录》等是为了享受创造幻想而产生的恐怖感而叙事的。这些爱情类传奇中，叙述男女爱情的时候来讲述男性由于女性诱惑者而毁灭的故事。这些作品目的是叙述不为人知地对世界的恐惧。亚洲爱情类传奇排除寓意的手法，保持了享有和沉溺于幻想本身的这种性格。

另一方面，东亚爱情类传奇中共同假设的超越时间空间的这种形态可以说是想要恢复"太初的原型"的一种欲望的形态。爱情类传奇中描写的时空并非现实中的时空，而是超历史性的时空。由此，它并不遵循现实中时间空间的逻辑而成为想要回到太初的根源的时间和空间。其中，来探讨一下时间性问题的话，与超现实的存在开始恋爱的时间值得米尔恰·伊利亚德（Mircea Eliade）提到的太初（ab orgine）、太古（in illo tempore）的神圣的时间。它既是循环的也是可逆的也是可以再生的时间，是存在于现实论理之外的幻想性的时间。[1] 比如说《柳毅传》的男主人公和龙王的女儿结婚以后就一点都不会变老，《裴航》的男主人公和仙女结为夫妻以后就享受了永生等。这只在幻想的领域里才可能实现的，是想要回返到根源性的时间的欲望的试图。在爱情类传奇中，空间所占有的幻想性的意义也是与想要回到再现宇宙创造的太初的空间的这种人类的原型心理有关系的。宇宙创造的空间在爱情类传奇中以山，或者洞穴、坟墓、空的寺院等的象征来表现出来，这与伊利亚德的观点，即"神圣的山"也就是实现创造的神圣的空间和宇宙的中心是一脉相承的。比如说，《传奇·薛昭》、《传奇·颜浚》和新罗《殊异传》的《双女坟记》中，都把坟墓当做空间背景，《金鳌新话》的《万福寺樗蒲记》、《伽婢子》的《金阁寺幽灵的契约》男女的结合是在寺庙里进行的。另一方面，东亚爱情类传奇的结尾很大一部分都是"不知所终"，即不知道去哪里了。这种结尾的形态是受到魏晋南北朝时期流行的神仙传说的影响，与东亚爱情类传奇的创作的抽象性的背景也是有关系的。东亚爱情类传奇的作者除了受到儒教、佛教的影响以外，还受到道教的影响。比如说，《剪灯新话》的《腾穆醉游聚景园记》、《金鳌新话》的《万福寺樗蒲记》、《伽婢子》的《金阁寺幽灵的契约》、《传奇漫录》的《西垣奇遇记》也有着同样的结尾，这一点意味着道教对东亚爱情类传奇的幻想性形成作出了贡献。但是，《金鳌新话》的

---

[1] Mircea Eliade 著，李东夏译《圣和俗》，首尔：学民社，1983，第 62 页。

"不知所终"的形式有些特别。《剪灯新话》和《传奇漫录》用的是从人类世上出发，但是最终又回到人类世上的这种结构。与此不同，《金鳌新话》是从人类的世上出发后来到了一个完全不同的世界的这种形式。这与作者金时习对现实世界的思维方式有关。其他的爱情类传奇的作家们把最终的空间悬在现实世界，与此相比，金时习更加重视超世的空间。所以，《金鳌新话》把对现实世界的强烈否定作为基础，以一种厌世的观点来展望这个世界。由此，《金鳌新话》并不是回归到日常来，而是最终悬在隐匿行踪或者选择超世的空间，这个特征是非常明显的。和它比起来，《企斋记异》带了两种特性。比如《崔生遇真记》像《金鳌新话》"不知所终"形式，《何生奇遇传》的结果不像"不知所终"形式，是幸福的大团圆。因此，我们认识了《企斋记异》的著者比金时习有更乐观的思维。

2. 儒教意识形态和女性

与幻想一起，东亚爱情类传奇的重要组成因素"女性"的问题立在了儒教意识形态的对立点上。中国、韩国、日本、越南所共有的东亚文化圈是以儒教文化为共同基础的文化圈。因而东亚爱情类传奇中，对女性强有力的儒教规范——"贞节"问题就一直成为不能排除的构成要素。原来贞节只是女性的道德规范的一项，从南宋以后开始重视起来，到了明代，为了配合明太祖再编汉族秩序的纲领，强调成了一种更积极的形态。不仅如此，从坚守对一个男性的性方面的纯洁，更进一步到了称颂女性的殉死。到了明代朝廷，为了将殉死的风俗扩大到一般老百姓，积极地推进了对殉死的女性授予旌门和设立牌坊。这种对贞节的强调在同样时期的朝鲜反而以更强化的形态出现。本来，贞节这个道德范畴不过是汉代刘向在《列女传》中提及的六项女性道德范畴中的一项，但是朝鲜社会只把贞节这个道德范畴格外地烘托出来，在经过万历朝鲜战争（壬辰倭乱）和丙子胡乱两次战乱以后，与整顿崩溃的社会秩序的政策相关联，大举实行了美化坚守贞节的女性的政策。金时习的《金鳌新话》总五篇中有三篇描写了女性坚守贞节的画面。《万福寺樗蒲记》和《李生窥墙传》、《醉游浮碧亭记》的女主人公都是设定为坚守贞节然后失去生命。这与中国的《剪灯新话》中《爱卿传》的女主人公坚守贞节然后失去生命的情况形成了鲜明对比。这个相同的局面在越南也出现过。越南的第四代王——圣宗（1442～1497）为了传播儒教道德，花费了很大的气力。《传奇漫录》就是在其儒教思想的基础上，16世纪初著成的传奇集。《传奇漫录》反映出的儒教意识形态是一种比儒教意识形态的中心——中国更加严重的形态。特别是，与明代的《剪灯新话》相比，为坚守贞节而努力的女性人物在《传奇漫录》的《快州义妇传》、《翠绡传》、《南昌女子录》、《丽娘传》中都有登场，在作品中也对她们一致赞扬。但是，这种局面并不是完全因为爱情类传奇的作者都是男性，所以爱情类传奇的男性作者肯定主张儒教意识形态的男性社会秩序。金时习和阮屿等作家在当时的政治情况下，把自身的不幸和爱情类传奇的女主人公一致化了。所以把爱情类传奇中的坚守贞节的女性的形象，和自己为国家或者王坚守信念的形象联系在一起。所以，可以在此确认，《金鳌新话》和《传奇漫录》中强调的女性贞节可以解释为是对现实情况的寓意的表现。

  东亚爱情类传奇中，把女性看做诱惑者，或者是灾难的根源的倾向。这和唐代的爱情类传奇《莺莺传》、《霍小玉传》、《任氏传》等把女性称为尤物，即诱惑者是同样的逻辑。明代的《剪灯新话》中的《牡丹灯记》、《剪灯余话》的《胡媚娘传》、《江庙泥神记》中可以看到男主人公由于女性诱惑者而被破灭的假设。日本《伽婢子》、朝鲜《企斋记异》和越南《传奇漫录》的《木棉树传》中也可以看到鬼神女性使男性死去的结构。但是这些作品中，都直接或者间接地插入了作者谴责女性对性的放纵的述评。比如说，《剪灯新话》的《牡丹灯记》中可以看到如下鬼神女性受到道人的审判的场面。

  符氏女死尚贪淫，生可知矣！……恶贯已盈，罪名不宥。①

审判鬼神女性的道人的声音不是别人，正是男性作者的声音。男性作者不仅只代辩自己的想法，而是代辩了儒教社会中所有知识男性的价值观。这种对女性诱惑者的假设和对她们的判决表达了儒教社会被压抑的男性的欲望。即在男女秩序严格的社会里，男性对女性有着双重观念。一方面是渴望具有迷惑男人能力的女性，另一方面是说当这种诱惑的对象走来的时候，看作鬼神或者灾难，将其驱逐到男性秩序之外。《剪灯新话》中的《牡丹灯记》叙事的主要内容和内在的意义和《伽婢子》中的《牡丹灯笼》以及《传奇漫录》中的《木棉树传》是相同的。这种联系性意味着记述诱惑者的叙事是由东亚都可以承受的共同的思维方式而产生的。

---

① 瞿佑：《剪灯新话》，上海古籍出版社，2000。

一方面，提到作者的话，东亚爱情类传奇的作者都是文人男性。唐代爱情类传奇的作者都是属于以进士科为媒介的知识分子集团。宋代、元代的作者也都是文人男性。明代的爱情类传奇的作者瞿佑和李祯都是科举及第者，做过官。韩国的崔致远和金时习、申光汉都是官僚出身。越南的阮屿也是进士及第者。只有日本的爱情类传奇的作者浅井了意是僧侣身份，作者的出身成分方面与其他有区别。这种作者的出身问题和作品的创作意识有关，与中国、韩国、越南的爱情类传奇相比，日本的爱情类传奇的读者层更加扩大了。《伽婢子》中插入了大量的插画，诗歌方面也不用立足于传统方式韵律的诗歌，而是用了日本式的和歌。由于浅井了意不仅想让知识分子来读这本书，也想普及到妇女们，所以通过穿插进去的插画和日本式的和歌来让更多的读者看到自己的作品。浅井了意在《伽婢子》的序文中写道：

> 即使怪力乱神不说，如果不可避免的时候，就会说明白然后纠正。所以，这本书聚集了很久以前的故事和最近流传的故事，并不是只想要让有学识的人高兴开心，只是想向妇女们敲响警钟，自己来纠正自己的心灵而走上正道。①

从上面序文中，可以知道《伽婢子》不是只有文人才能享有的文学，其是为大众，特别是为了教化妇女而作的。由此，从创作意识的层面来看，《伽婢子》与爱情类传奇的根

---

① 浅井了意著，江丰裕校订《伽婢子》，东京：平凡社，1987。

源，即唐代爱情类传奇的亲缘性是最远的。虽然是男性作者著成的，对女性贞节的强调只在《游女宫木野》、《以歌曲缔结的姻缘》中比较明显，在别的作品中都不是很明显。这本书反而主张对佛教的皈依，并且所有幻想性的假设和奇异的事件都可以从佛的话语中整理出来回归到现实中。与此相比，《剪灯新话》、《金鳌新话》和《传奇漫录》的创作意识又是怎样的呢？瞿佑的《剪灯新话序》，虽然《剪灯新语》涉及淫乱等内容，比较惋惜，但是在扬善惩恶方面也是有帮助的。继承了《剪灯新话》而创作的《剪灯余话》其序文中也叙述了与风俗的教化有关的内容，所以足以来劝世界。《传奇漫录》的序文中也写到为了对教化作出些贡献而著成的这本书。但是，以教化为目的而作的这些作品，都有着将女性分为两大类的共同点。一类是为了坚守贞节而竭尽全力的女性；另一类是毁灭男性的女性。《剪灯新话》、《金鳌新话》和《传奇漫录》的作者坚持了对顺应男性秩序的女性和不能做到这点的女性分为两类的两分法的判断标准。他们的创作意识基于坚固的儒教意识形态，作品中的女性是展示其意识形态的手段。《金鳌新话》表现出了与此不同的特点。《金鳌新话》的爱情类传奇作品一致强调女性的贞节，但是这不是单指普通的女性贞节，可以看到与女性有爱情关系的男性也对女性尽信尽义的形象，这是《金鳌新话》的作者追求世界观的结果。《金鳌新话》中没有出现毁灭男主人公的女性诱惑者。《金鳌新话》的女性在生死歧路上，毫不犹豫地选择了死亡，守住了贞节，但绝不做用美貌来诱惑男性的事情。所以，《金鳌新话》中虽然有讽刺现实的比喻，但是想要教化女性读者的意图没有明显表露出来。《企斋记异》也具有同样的特点。

整理一下的话，中国和越南的爱情类传奇强调儒教意识形态和标榜教化的特征非常明显。日本的爱情类传奇虽然有教化的目的，但是并没有严格地守护儒教意识形态，反而突出了为了符合读者兴趣的意图。朝鲜的爱情类传奇虽然强调女性贞节的意识形态，但不是为了教育女性遵从儒教的社会秩序，而是用寓意的方式对作者自身的精神世界的表达。东亚爱情类传奇不能脱离儒教意识形态和男性秩序的影响，这是非常明显的事实。这是因为这些叙事是男性知识分子反映自身世界的作品，也是用男性的语言来叙述男性的价值观。所以，爱情类传奇中的女性形象正是男性的思维方式的再现。

五　结束语

本文依据"幻想"和"女性"这两种叙事话题比较分析了东亚的爱情类传奇。只是在突出各个爱情类传奇的不同之处的时候抓住了论旨的重点，排除评价它们的优劣高下的这种角度。本文旨在探明东亚爱情类传奇中存在的亲缘性和不同之处，但并没有以中国为中心来探讨一方性的授受关系。本文关注的叙事主体是"幻想"和"女性"。其中，虽然幻想是东亚叙事所具有的固有技法，但一般根据从西方传过来的理论来解析。因此，本文讨论了一些有关幻想性的东亚固有的理论，也与西方的幻想相联系进行了各自的作品说明。东亚爱情类传奇中有关女性的部分，从与东亚共有的儒教意识形态的关系，即女性贞节问题这个方面来研究。本文所研究的主题是为了阐明东亚各国爱情类传奇的作者因其自身受到儒教意识形态的影响而在描述故事情节和人物中所具有的缺陷，同时本文的目的也想要找出各国作品中所具有的不同之处。

　　传统时期东亚的爱情类传奇是东亚世界所共有的话题,并积累了相似的经验。现在被称为韩流的韩国电影和电视剧中的爱情谈论把东亚人的感情聚集到一起形成东亚人共同的思维方式。由此,现在东亚的爱情类传奇正处于想要向新的形态迈入之际。

　　原文发表于(韩国)《中国语文论丛》2005 年第 28 辑,并获韩国研究财团的优秀研究基金,收入本书有所补充和修改。

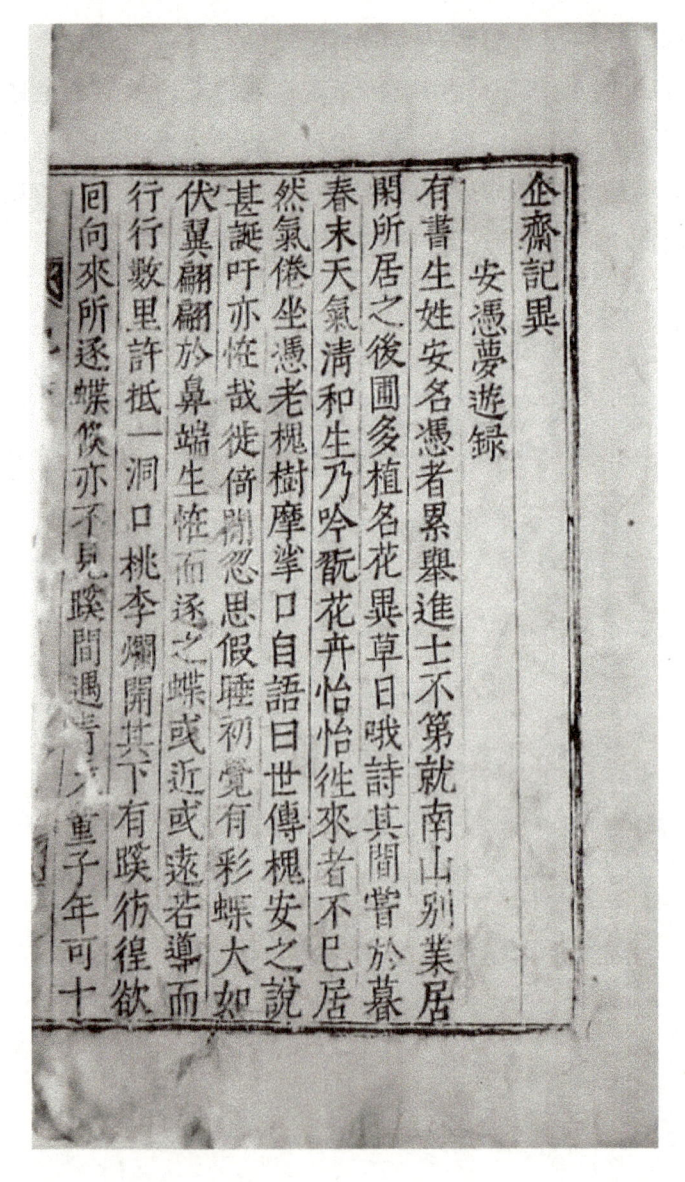

幻想·性别·文化
韩国学者眼中的中国古典小说

企齋記異

安憑夢遊錄

有書生姓安名憑者累舉進士不第就南山別業居閒所居之後園多植花異草日哦詩其間嘗於暮春末天氣清和生乃吟翫花卉怡怡徙來者不已然氣倦坐憑老槐樹摩挲口自語曰世傳槐安之說甚誕吁亦怪哉徙倚閒忽思假寐初覺有彩蝶大如伏翼翩翩於鼻端生悚而逐之蝶或近或遠若導而行行數里許抵一洞口桃李爛開其下有蹊彷徨欲同向來所逐蝶篆亦不見蹊間遇奇人童子年可十

《企斋记异》
朝鲜明宗8年（1553）的木版本：韩国高丽大学晚松文库所藏。

东西方中世纪爱情叙事的探索
——幻想、欲望、意识形态的比较学分析

一 引言

中世纪正在回归。影像媒体中到处都是与西方中世纪有关的故事。魔法师、冶金术、消灭龙和魔女、探秘（Quest）、咒术、龙珠等儿童类网络游戏以及动画频繁出现。并且，在《巫法闯情关》等电影中，把女主人公设定为会施展魔法的女性。《哈利·波特》系列中，干脆把中世纪的学院照搬到电影当中，刻画了魔法学校。

近代以后，中世纪就像再次到来一样，现代社会的大众重新呼唤中世纪并为之狂热。与理性的、完全符合逻辑的叙事相比，大众更关注那些虽然前后有些不相符，但是却可以使人想象的梦幻的叙事。其中，大众最喜爱的领域就是善男善女的爱情故事。西洋中世纪的爱情叙事中，朝气蓬勃的骑士或是王子闯过各种难关从危险中救出美丽的女人，然后与那个女人结合在一起或是获得适当的补偿。在那个过程中，魔法、妖怪、变

身等母题反复登场。

然而这种中世纪的爱情叙事并不仅仅出现在西方。描写东方传统时期爱情的叙事大部分讲述的也是善男善女的梦幻般的爱情故事。只是登场的男主人公不是骑士,而是学习儒学的年轻士人。西方爱情叙事中,男主人公与女主人公即封建领主的夫人恋爱;而东方叙事中,男主人公却是与有着高贵身份的神女或是仙女恋爱。有时候,由妖变来的女人也会成为男主人公恋爱的对象。与西方的爱情叙事相同,东方爱情叙事中的咒术、乌托邦、冶金术等具有幻想色彩的母题也被反复使用。但是现在的读者只认识到西方的中世纪爱情故事,而忽视了东方也存在类似脉络的爱情叙事的事实。

我们都普遍认为幻想和冒险这两种行为只能由拿着长矛和盾牌登场的西方骑士来完成。所以,其结果导致了思维被束缚在西方叙事的框架内。本文将对东西方中世纪时期的爱情叙事进行比较分析,重新看待东方爱情叙事的价值,进而探讨东西方爱情叙事中的"幻想"(fantasy)、人类的"欲望"以及中世纪的意识形态是以怎样的方式来进行叙事的。本文中,东方中世纪的爱情叙事主要以唐代的爱情类传奇为主,西方中世纪的爱情叙事主要以中世纪英国文学和中世纪法国文学的罗曼史(Romance)为中心来进行分析。同时,还想预测一下这些中世纪爱情叙事能否被用于数字时代的中心叙事,也就是游戏(Game)的内容。这足以证明引导21世纪的叙事绝对不是生疏的,而是与中世纪的思维体系的力量、从古典中凝聚的力量有联系的。特别是,本文想要提出一点,就是东方中世纪爱情叙事能否成为游戏的内容,是对数字时代古典叙事的活用方案的一种探索。

二 比较的前提

 为了从同一个高度来考察唐代爱情类传奇和罗曼史小说这两种东西方中世纪爱情叙事,应该先掌握这两种叙事之间存在的可以比较的亲缘关系。对西方的文化传统中产生的罗曼史以及东方的土壤中产生的唐代爱情类传奇进行一对一的比较,可能会有些牵强或有不合理的地方。但是,在中国叙事学中,对唐代传奇和罗曼史的比较可以说是一点也不生疏的。清朝末期中国的翻译家认为西方的罗曼史相当于中国的唐代传奇。不仅如此,西方的 Curitis P. Adkins 的博士论文 *The Supernatural in T'ang Ch'uan-ch'i Tales: An Archetypal View*[①] 中,也曾立足于罗曼史的叙事原理,推动了唐代传奇的研究。而且韩国的郑在书教授在《不死的神话和思想》[②] 中,曾使用罗曼史的结构分析过中国魏晋时期神仙故事。

 从时期来看,唐代传奇存在的时期是公元 618~907 年。其中,据推测,爱情类传奇盛行的时期是公元 660~870 年。与此相比,西洋的中世纪叙事存在于公元 500~1500 年,存在时期比较长。其中罗曼史出现的时期为中世纪后期的 12 世纪、13 世纪,罗曼史和唐代传奇在时期方面并不完全一致。然而,这两种形式都是与现实主义相对照的,故事本身都极力理想化了。在这一点上,两种形式有着明显的共同点。

 这些叙事中出现的人物,都是理想化、典型化的人物,在

---

① Ohio University (ph. D.), 1976.
② 郑在书:《不死的神话和思想》,首尔:民音社,1994。

人物构成方面，不符合科学的现实因果法则。诺思洛普·弗莱（Northrop Frye）说过，罗曼史处于没有转位的神话和现实主义之间，它刻画了人类内心所隐藏的初始的热情和欲望。与此相比，爱情类传奇则是以根据偶然性来构成的叙事、人物典型化和理想化、神话性母题的反复为中心的。由此，我们有充分的可能来把西方的罗曼史和东方的爱情类传奇联系在一起讨论吗？

唐代的爱情类传奇的作者都是士人阶层，他们属于受到儒教学问和素养教育的知识分子阶层。传奇由士人阶层创作出来并被他们阅读，所以有一种"权力叙事"的倾向。这里的"权力叙事"指的就是刻画了所有唐代的权力阶层欲望的叙事。换句话说，传奇是唐代士人——权力阶层所向往的真理的本质，也就是蕴涵了知识的叙事。由此，根据这种思路来看，爱情类传奇则叙述了唐代权力阶层假想的关于爱情的知识。这种叙述中，政治和社会的运作原理——儒教的意识形态成为判断的标准。中世纪罗曼史的作家都是骑士阶级或是宫中的神职人员。他们也像唐代的士人一样，是中世纪西方的知识分子阶层。他们是学习基督教伦理并将其付诸实践的阶层，在社会上也属于权力阶层。罗曼史的读者也都是宫中的贵族，所以可以说罗曼史小说是自然而然地反映了中世纪贵族阶层的思维方式和他们欲望的一种叙事。这也就是说，罗曼史表明的有关爱情的议论就是当时受到基督教意识形态教育的知识分子阶层——统治阶级的话语。

一般来讲，中世纪的罗曼史故事从两个方向展开。一个是以亚瑟王为首的骑士为寻找圣杯而去冒险，另一个是在亚瑟王的宫殿里，骑士和封建领主的夫人之间的恋爱行为。在这个过程中，有魔女、魔法师、妖精、阿瓦隆岛这种理想国度等超自然的因素——"幻想"介入。这被认为与唐代爱情类传奇中经常出现的仙女，与女妖的恋情、变身、咒术等有着相同的思路。从中世纪的爱情叙事的结构层面来看，唐代爱情类传奇和中世纪罗曼史小说都有韵文和散文结合的形式。唐代爱情类传奇中频繁登场的诗和词不仅起到了展开男女主人公恋爱的作用，而且还向读者传达了男女主人公的感情。与此相比，罗曼史中诗和散文的比率各占一半，并出现了散文化的诗这种形式。当时西方的中世纪时期，罗曼史小说的作家被称为诗人，而不是小说家。由此，我们可以看出中世纪叙事文学有着并不严格区分韵文和散文的这样一种倾向。在唐代和西方中世纪时期，还没有出现完全虚构（Fiction）的散文体小说这个概念。

所以，以近代以后西方的现实主义的叙事观来评价东西方中世纪的爱情叙事是一种不恰当的行为。东西方中世纪爱情叙事的作家叙述的故事的素材来自历史，所以他们并不认为他们的叙事是虚构的。他们以历史学家的态度来进行叙事，由此他们创作的叙事是存在于历史性和虚构性之间的一种纪实小说（Faction，Fact + Fiction = Faction）。

唐代爱情类传奇和罗曼史小说的作家都有一种重写以往故事的倾向。作家不会依靠他们完美的写作能力来进行创作。他们改编前一代传下来的历史事实，并且反复把这些被改编的故事以新的方法再次加工。唐代爱情类传奇中出现的与女妖或是鬼神的恋爱、与仙女的相遇等在魏晋时期的志怪里就已经是被经常使用的素材了。罗曼史小说也有如下倾向，就是与亚瑟王以及他的骑士们有关的一系列故事以新的方式被添枝加叶、重新结合。这使人们联想到后现代主义的互文性

(Intertextuality)——"任何作品的文本（Text）都像许多行文的镶嵌品那样构成的，任何本文都是其他本文的吸收和转化"。①

并且，爱情类传奇和罗曼史小说的作家积极参与到本文内容中，并添加了评论和解释。所以，他们有着向读者全面解释叙事的权威的这样一个共同点。由此，中世纪爱情叙事的作者提出的评论起了元叙事（Meta-Narrative）的作用。中世纪爱情叙事的作者通过元叙事，向读者反映自己的意识形态。根据男女主人公的爱情行为以及作者的意识形态来区分是非、善恶，并使读者与自己的思维方式保持一致。这种叙事方式与重视作者和读者之间保持一定冷静距离的现实主义的叙事原则形成了对比。中世纪爱情叙事的作者，"就像与读者对话一样来写文章，向读者请求，侮辱读者，奉承读者"。在这一点上，他们具有共同的特性。

本文以唐代爱情类传奇和罗曼史的共同点为基础，探讨了贯通东西方的模式（Paradigm）。这些研究绝不在于规定东方或者西洋文化哪个更优秀。本文的目的只在于对东西方中世纪叙事进行比较，进而从新的角度来研究中国古典小说。以下是本文探讨的各个作品。

1. 唐代爱情类传奇作品

张鷟《游仙窟》，沈既济《任氏传》，李景亮《李章武传》，李朝威《柳毅传》，裴铏《传奇》中的《孙恪》、《薛昭》、《裴航》、《张无颇》、《封陟》、《曾季衡》、《萧旷》、《姚坤》、《文箫》、《颜浚》。

---

① 金旭东：《后现代主义理论》，首尔：民音社，1997。

2. 中世纪罗曼史作品

克雷蒂安·德·特鲁瓦（Chrètien de Troyes），《马车骑士》《湖上骑士兰斯洛特》、作者不详，《寻找圣杯》、托马斯·马洛礼，《亚瑟王之死》、玛丽·德·法兰西，《中世纪的恋歌：浪发》。

三 中世纪爱情叙事中的幻想

"幻想"（Fantastic）这个单词的词源是拉丁语"Phantasticus"，它是从希腊语"Phantazein"中衍生来的。"Phantazein"有"使人看见"的意思，这里不仅只有使看见的事物可视化的意思，还包括了使看不见的事物也可视化的层次。由此，"幻想"所涉及的领域不仅包括可以看见的世界，还包括与看不见的世界有关的所有现象。所以，"幻想"必然有一种与近代之后标榜实证的、理性的思维的西方现实主义明显相反的倾向。唐代爱情类传奇和罗曼史中，都加入了与奇异的姻缘结合、与妖精的恋爱、神秘的咒术、龙的消除、魔法师和魔女、变身等具有"幻想"色彩的要素。

对此，西方评价说，罗曼史处于发展为近代小说（Novel）的前一阶段，所以必然会出现"幻想"这个前近代的、不合理的要素。东方叙事中的"幻想"性的要素却被贬低为显露出东方文化和思维的不合理性以及低劣的部分。然而在西方，现在由于现实主义的认识论方面的限制，"幻想"被作为对此新的代替方案被提出来。这并不是停留在掌握"看不见的世界"，而是通过摸索对"看不见的世界"的理解,来寻找单一的、二分法的西方现实主义体系的突破口。

最近非常受欢迎的《哈利·波特》、《指环王》等魔幻小说类,以及刻画看不见的世界的《小岛惊魂》(*The Others*)、《白色噪音》(*White Noise*)等影像制品,都证明了具有"幻想"色彩的叙事重新引起了西方的关注。一个很有意思的事实就是西方魔幻小说的背景都一致地被设定为"中世纪"或者类似的不为人知的时空中。因为中世纪这个时空间是不受近代现实主义限制的自由的时空间,满足了构成叙事的想象力不受限制的条件。

本文大致从两个方向探讨东西方中世纪爱情叙事中的幻想。第一个方向是探讨人类男性和非人类女性的恋爱,也就是人类男性和仙女或是鬼神、女妖的恋爱所具有的意义。第二个方向是探讨东西方中世纪爱情叙事中具有幻想色彩的母体中最频繁登场的龙(Dragon)的类型和其象征意义。其中,对人类男性和非人类女性恋爱的考察从分析心理学的角度来看,与荣格(C. G. Jung)的主张是统一的。弗洛伊德认为幻想起了满足受挫折的本能冲动的作用,而荣格在弗洛伊德的理论上更进一步,把幻想规定为本能冲动之上的事物。由此,根据荣格的观点来看,幻想指的是与人类的原始冲动有关的,本能的性冲动想要表达太古的类型的规划。

荣格的幻想跨越了对某个事物的合理的概念,而是以原样或是稍微有点新的形态来表达人类的欲望。不仅如此,由于荣格的幻想本身有不能用现实的伦理来解释的语言和法则,所以这与关注无意识的欲望的拉康的理论也有关系。拉康说过,无意识和语言一样被结构化了。换句话说,这句话表达了幻想和语言一样是被结构化的无意识的表现。根据这种思路来看，中世纪爱情叙事也和语言一样，包含了被结构化的幻想。如果这个幻想的概念适用的话，那么就可以分析出作家追求与仙女、鬼神、女妖等恋爱的心理了。自由恋爱在唐代儒教秩序或是中世纪基督教秩序中是不可能的，与非人类女性的恋爱，可以被解读为具有发泄这种对自由恋爱的欲望的讽刺意义。这种恋爱方式，无意识地追求与非人类的女性进行恋爱这个行为本身，可以说是作者本能的欲望，而并不是讽刺这个中间的层次。也就是说，中世纪爱情叙事的作者通过与非人类的恋爱，无意识地表达了对人类和自然世界合二为一的追求以及希望对生和死的世界的共享。从这个意义上来看，与仙女的恋爱过程，可以解释为想要完全实现人类天生的太古类型的过程。

与鬼神或是女妖的恋爱，也是一种希望再次恢复生与死的世界的感性相互交织的时期痕迹的无意识的表现。唐代爱情类传奇中，裴铏《传奇》中的《裴航》、《张无颇》、《萧旷》、《文箫》、《颜浚》等作品中，一般故事情节都是男性遇到仙女并和她恋爱，然后通过与仙女的结合，男性最终也进入了神仙之列。这些爱情类传奇作品中的男主人公与仙女的恋爱，都不仅仅具有恋爱的意义。比如说，《裴航》中的男主人公面临着一个任务，就是与美丽仙女的第一次相见以后，为了与仙女结合，他必须通过考验。最终男主人公克服了所有的难关，完成任务，与仙女结婚。这并不仅仅是妄想与美丽女性恋爱的唐代男性的心态。作品中的人类经过所有过程，克服所有困难后，最终成为永远的存在、不灭的存在——神仙。这种设定表达了人类想要达到的最终的欲望，也就是不死永生。所以，与仙女的恋爱故事，通过具有幻想色彩的叙事而不是现实主义，表达

幻想·性别·文化
韩国学者眼中的中国古典小说

了人类根本的欲望。

　　西洋罗曼史作品中,男主人公的恋爱对象是封建领主的夫人(Lady)或是妖精。封建领主的夫人被刻画得非常美丽、慈祥并且有很强的对基督教信仰之心。她如同圣母玛利亚再现一样。罗曼史的男主人公为了取得她的爱,克服所有的难关,并完成困难的任务。然而,罗曼史中的女主人公,特别是以亚瑟王的夫人——圭尼维尔为首的公主都十分紊乱,与男性搞流窜恋爱。女主人公展现了她们一方面有着如同圣母玛利亚的模样,而另一方面也毫不内疚地接受与男主人公骑士的爱情结晶的这种矛盾的样子。这种罗曼史的女主人公不一贯的样子一看就是讲述的缺乏现实性的人物形象。然而,考虑到罗曼史小说是以神话为基础创作的叙事这一点,也就是为了理解罗曼史,就必须使用与此相关的神话性的思维的话,那么就可以理解女主人公不一贯的人物形象了。

　　在罗曼史叙事产生很久之前,凯尔特文明圈里本来就有崇拜女神的传统。女神不仅有美丽慈爱的一面,也有暴力的一面。她们与自己选择的"男性王"结婚,如果"男性王"衰老、变得无能的话,她们就会换一个新的年轻的王。在这种情况下,老去的"男性王"就被作为人身牺牲的对象被供出去。根据这种神话性的思路,亚瑟王的夫人圭尼维尔可以被解析为女神。圭尼维尔这个名字,在威尔士语中是"Gwenhwyfar",是"白色女神"的意思。所以根据凯尔特族的女性神话来看,亚瑟王并不是由于拔出了王者之剑而成为的王,而是由于被圭尼维尔选中,通过与她的结合才坐上了神圣的宝座。由此,我们可以知道,西方中世纪爱情叙事中出现的骑士和封建领主夫人的恋爱,源于本来是"男性王"和选择"男性王"的"女神"的恋爱。

　　一方面，除了封建领主的夫人之外，骑士的恋爱对象有时还是妖精。妖精是树林或者湖的精灵，她们会施展魔法。男主人公骑士通过与她的恋爱获取力量或是受到指点。最终，与她的结合帮助男主人公成为完全的"男性王"。罗曼史的男主人公通过恋爱来获得完整性。这与希望通过与仙女、鬼神女性的恋爱而恢复人类太古类型的东方爱情叙事有相似性。也就是说，我们可以发现，东西方中世纪的爱情叙事都是没有太脱离神话的，根源在回归性的叙事。它们都有一个共同点，就是幻想都被作为完成恋爱的一种非现实的手法。

　　另一方面，东西方中世纪爱情叙事中一致登场的第二个具有幻想色彩的母题就是"龙"。如果说唐代爱情类传奇和罗曼史中，男女主人公的恋爱是根据相似的幻想性的方式进行的话，那么"龙"这个母题，却在东西方爱情叙事中以相互区别的方式登场。传统来说，东方的"龙"一直都被认为是崇拜的对象、好征兆的象征。甚至认为，做梦时如果梦到龙的话就是最好的。对于龙，东方的思维方式一直是非常积极的。唐代爱情类传奇中，龙被描写为守护宝物的守护者或是龙王的女儿。其中，李朝威的《柳毅传》、裴铏《传奇》中的《张无颇》、《萧旷》中出现的龙的女儿，即龙女通过与男主人公的相见，而使男主人公成仙。龙女的这种存在和作用与仙女没有太大区别。男主人公偶然遇见龙女之后，把她从困境中救了出来。从龙王那里与龙女结婚，摆脱人间而升为超越性的存在。然而，与此相比，罗曼史中，龙完全以恶的象征出现。罗曼史中，龙则是在亚瑟王的骑士们去寻找圣杯的行程中起了妨碍作用的破坏者，有好意图的龙干脆就不存在。

提到龙的西方叙事作品是《圣经》中的《约翰启示录》，其中的那个大龙既被称作魔鬼，也被称作撒旦，并且被陈述为是蒙骗并扰乱了整个世界的老蛇。这指的是，龙是恶的力量，是基督教的敌人，是异教和异端的象征。所以，除去龙的人物，就是打败魔鬼和异端的胜利者，可以解释为是对打败撒旦的基督教的一种讽喻。8世纪左右产生的北欧最早的长篇叙事诗《贝奥武夫》（Beowulf）中出现的龙，也是主人公贝奥武夫消灭的邪恶的怪物。贝奥武夫打退龙之后，占有了龙守护的宝物，成为英雄。这个叙事诗中，龙也被换了一种说法，称为"异教徒"。这说明西方把龙看作恶的象征，是以基督教为基础的。

不仅如此，罗曼史中，"女性龙"几乎就没有出现过。这是因为，中国的女性龙有着道教、阴面这种形象以及再生的象征性，而西方的龙则是根据基督教的善与恶的二分法的思维。根据基督教的思维观来看，女性是提供诱惑和破灭的开端的人。所以受到亲女性特点的道教影响的东方龙的形象，就比根据基督教传统而产生的西方龙的形象更加肯定。由此，"龙"这个同一幻想母题就互不相同地适用于东西方的中世纪叙事中。

四　欲望和意识形态的重叠

唐代爱情类传奇和中世纪罗曼史的男女主人公都受到当时的统治意识形态儒教和基督教的控制。所以，他们的欲望和爱情都和统治意识形态强制的伦理和禁忌有很大的关联。在这种情况下，东西方中世纪爱情叙事可以给读者提供从统治意识形态中摆脱的一种超脱的快乐。严格来说，所有中世纪爱情叙事都反映了男性欲望，并非女性欲望。如上文所说，唐代爱情类传奇的作者是学习儒学的士人，而罗曼史的作者是骑士、神职人员等，都有与宫廷有关的身份。他们虽然有着向往自由恋爱的天生的欲望，但却无法公开行动或表达。所以，关于爱情的叙事对他们来说，应该起到两个作用：一个是用叙事来缓解他们对自由恋爱的欲望，另一个是叙事中绝对不能违背统治意识形态这一点。

　　唐代爱情类传奇的男主人公大部分都是在科举考试中落榜或是去参加科举考试的途中的士人，而罗曼史中的男主人公则是去寻找圣杯的骑士或是游览者。所以，东西方中世纪爱情叙事中的男主人公都是旅途中的存在，是现实中不稳定的存在。男主人公的这种情况，使他们有机会进入与女性的爱情关系，并且也赋予了一种免责，使男主人公在与女性的恋爱中不负责也可以。唐代爱情类传奇的男主人公，根据儒教的婚姻伦理来看，他们虽然没有与女主人公结合，但他们的行动却被刻画成合法的、妥当的。比如说，张鷟的《游仙窟》或是李景亮的《李章武传》中，男主人公通过一次偶然的机会与女主人公建立了爱情关系。但是，在这种情况下，男主人公的性欲望被隐藏，虽然他的爱情行为与儒教伦理不相符，但却没有受到任何指责。

　　西方中世纪爱情叙事中，男性的欲望也被隐藏在骑士道这个外表之下。罗曼史中的男主人公被描写为不仅对女性和弱者非常亲切，举止文雅、武艺超群，而且还有着文艺方面的爱好。这些男主人公仅仅从精神方面爱慕封建领主的夫人。女主人公在男主人公成功完成任务以后，虽然接受他们的感情，但是他们不能完全结合在一起。男主人公的性欲望就通过住在树林里的妖精、魔女或是撒拉森帝国的公主代替投射出来。同时，由于基督教、家长式的意识形态，封建领主的夫人反而受到诱惑男主人公的指责，并且受到公然的反感。比如说，《亚瑟王之死》等作品中，作者对男主人公兰斯洛特给予了全面赞扬。

这部作品中，兰斯洛特被刻画成宫廷礼仪和武术出众的典型的骑士道，被评价为"如果不受到欺骗或是魔法的话，就绝对不会被征服的人物"。他与领主的夫人圭尼维尔陷入爱河被解释为完全是圭尼维尔诱惑的结果。也就是说，女主人公是诱惑者，所以应该负起性欲望的责任，而男主人兰斯洛特的欲望就被隐藏了。

东西方爱情叙事中的女主人公是最能体现当代意识形态的男性所追求的存在。所以他们的外貌也都有着类似的模式。比如说，唐代爱情类传奇中，《传奇》的《裴航》中将女性描写为"泪水中含有美丽花朵的香气，像春雪消融一样的眼神在一眨一眨的，雪白的皮肤看起来比玉还光滑"。而罗曼史的女主人公在男性看来是以下样子。《浪发》中写道，"肌肤，明亮的脸庞，美丽的嘴，挺挺的鼻子，褐色的眉毛，额头上是，卷发垂肩"。她们的声音若似没有，也只由男性作家来评价。即使在唐代爱情传奇和罗曼史作品中，她们被描述为男性崇拜的对象，即仙女或是封建领主的夫人，实际上她们也不过是男主人公为了治疗他们在现实上的认同。因此，对仙女和封建领主夫人的爱情和崇拜，没有介入女权主义（Feminism）。

东西方的中世纪爱情叙事都渗透着性爱主义（Èrotisme）。在任何时代、任何社会，人类都有一种违反和背离禁忌的欲望。人类的社会文化禁忌中，最根源的禁忌就是与性有关的禁忌。想要违反与性有关的禁忌的欲望就从性爱主义开始。从东方传统的角度来看性爱主义的话，性爱主义与儒教伦理正是相反的。区分上和下，要求遵守法规的儒教宗法制度并不那么色情。从性伦理的层面来看，儒教中肯定的性只局限于被社会公认，是为了劳动和生产而进行的性。这种为了劳动和生产的性是社会和国家的规定之内的，不能成为迷惑的对象。性由于跨越禁忌而成为一种迷惑，那一瞬间违背禁忌的天生的欲望就被满足。在这种情况下，唐代爱情类传奇就给受到儒教意识形态的士人一个代替享有性爱主义的满足的机会。由此，士人通过尽情地叙述与不受社会指责的幻想性的存在——仙女、鬼神的恋爱，以及阅读爱情叙事来享受制度圈允许范围内的性爱主义。

中世纪的罗曼史也是同样的。统治中世纪的意识形态的基督教不仅排斥为寻求快乐而进行的肉体上的性爱，而且把婚外情、奸淫定为十诫命一律禁止了。然而，由于这是社会要求的超现实的、超自我（Super-ego）的美德，所以现实当然不可能与此相同。所以，以基督教的禁欲主义为基础的骑士道精神反而有充分条件使发展性爱主义。与罗曼史中出现的封建领主夫人的恋爱，与妖精、撒拉森帝国等异邦的女性的恋爱，都起到了代替说出依靠语言的性本能要求的产生和消除的作用。

五 新的中世纪的到来

上文从幻想、欲望和意识形态的层面探讨了东西方中世纪爱情叙事的特性。东西方中世纪爱情叙事在虚构和历史、现实

幻想·性别·文化
韩国学者眼中的中国古典小说

和幻想交织这一点上是有相似性的。男女主人公都以类似的形象登场，并且中世纪叙事的作者和读者也都有着相似的意图。

现在，希望解救西方近代之后出现的现实主义叙事危机的声音越来越多，我们可以非常容易地发现东西方中世纪爱情叙事有着后现代叙事的性质。安伯托·艾柯（Umberto Eco）说过，在后现代时代梦想的中世纪，比以往任何时候都更加容易。这句话是说中世纪的思维体系中产生的力量给现在的讨论带来了很大影响。实际上，现代的数字文化、网络（Cyber）文化中，西方的中世纪叙事被广泛利用。罗曼史再也不是短时间内存在于西方中世纪的爱情故事了，而是专有幻想的功能并被逐渐编入到资本主义的秩序当中。一进入网络游戏就能看探溯（Quest）和冶金术等用语，就像从中世纪罗曼史中跳出来一样，让人怀疑真伪。玩家忙于使自己的骑士勇往直前，打退邪恶的龙，以提高得分。他们已经成为为寻找圣杯而踏上旅途的骑士，犹如生活在新的中世纪一样。

那么，东方的中世纪爱情叙事现在又是怎样的状况呢？现代的数字文化中，东方的爱情故事被中世纪的罗曼史掩盖起来。我们所憧憬的幻想都是西方的幻想，东方的幻想很难找到。然而，作为本文探讨对象的爱情类传奇，即使拿出其中的一个，也能从中创造出无数的东方的数字化的故事。比如说，与变身的狐狸、猴子美女的悲伤的恋爱故事可以成为影像制品的素材，为了与仙女或是龙女结合，应该完成任务的士人可以成为游戏的主人公。当然在这个过程中，要加入很多具有幻想色彩的母题。得到咒术或是丹药的话就能增强主人公的能力，坚守禁忌或是克服障碍的样子等，东方中世纪的爱情叙事也可以变为新的数码话语。从而，游戏中的主人公如果取得有效的能力的话，他就与仙女结婚成为神仙。但是，如果他不能完成任务的话，就不能和仙女结婚，而是和丑陋的猴子或是老虎结婚，或者是一辈子都被幽禁在炼制丹药的洞穴里。

笔者承认本文中上面提出的试论还处于鉴定状态。然而，这项工作一定可以重新唤起东西方中世纪爱情叙事的价值，并且今后也一定会有很多有效果的后续研究。

原文发表于（韩国）《中国语文学论集》，2005 年，10 月，第三十四号，并获韩国研究财团的优秀研究基金，收入本书有所修改。

参考文献

【中国】

1. 古典

高儒撰《百川书志》、《续修四库全书，919：史部目录部》，上海：上海古籍出版社，1995。

欧阳修等撰《新唐书》，北京：中华书局，1992。

鲁迅：《唐宋传奇集》，北京：人民文学出版社，1953。

《鲁迅全集》，北京：人民文学出版社，1981。

鲁迅：《中国小说史略》，上海：上海古籍出版社，1998。

董诰等编《全唐文》，上海：上海古籍出版社，1983。

裴铏著、周楞伽辑注《裴铏传奇》，上海：上海古籍出版社，1980。

孙棨：《唐国史补等八种：北里志》，台北：世界书局，1968。

阮孝绪撰《晁氏宝文堂书目》，续修四库全书，919：史部目录部，上海：上海古籍出版社，1995。

汪辟疆校录《唐人小说》，香港：中华书局，1987。

王溥撰《唐会要》，台北："商务印书馆"，1968。

王汝涛编校《全唐小说》，济南：山东文艺出版社，1993。

王仁裕等撰、丁如明辑校《开元天宝遗事十种》，上海：上海古籍出版社，1985。

王定保：《唐摭言》，台北，世界书局，1975。

魏征等撰《隋书》，北京：中华书局，1992。

刘昫等撰《旧唐书》，北京：中华书局，1992。

李昉等撰《太平御览》（全4册），北京：中华书局，1985。

《太平广记》（全10册），北京：中华书局，1994。

长孙无忌等撰《唐律疏议》，北京：中华书局，1993。

周安托发行《秘戏图大观》，台北：金枫出版有限公司。

周勋初主编《唐人轶事汇编上·下》，上海：上海古籍出版社，1995。

朱熹集注《诗集传》，台北：中华书局，1982。

曾慥：《类说》，北京图书馆古籍珍本丛刊62：子部杂家类，北京：书目文艺出版社，1988。

彭定求等编《钦定全唐诗》，《文渊阁四库全书第1423～14316册：集部362～370总集类》，台北："商务印书馆"，1983。

许慎撰、段玉裁注《说文解字注》，台北：黎明文化事业公司，1974。

胡应麟：《少室山房笔丛》，《文渊阁四库全书第885～886册：子部192～193杂家类》，台北：商务印书馆，1983。

洪迈著，鲁同群、刘宏起校注《容斋随笔》，北京：中国世界语出版社，1995。

2. 专著

葛兆光：《道教与中国文化》，上海：上海人民出版社，1995。

孔庆东编著《青楼文化》，北京：中国经济出版社，1995。

龚书铎总主编《中国社会通史：隋唐五代卷》，太原：山西教育出版社，1996。

宁稼雨撰《中国文言小说总目提要》，济南：齐鲁书社，1996。

谭正璧：《中国女性文学史》，天津：百花文艺出版社，2001。

戴伟华：《唐代使府与文学研究》，桂林：广西师范大学出版社，1998。

陶慕宁：《青楼文学与中国文化》，北京：东方出版社，1993。

董乃斌：《唐帝国的精神文明》，北京：中国社会科学出版社，1996。

董跃忠编《武侠文化》，北京：中国经济出版社，1995。

杜芳琴：《女性观念的衍变》，河南：河南人民出版社，1988。

邓安庆编著《性文化》，北京：中国经济出版社，1995。

梅新林：《仙话：神人之间的魔幻世界》，上海：上海三联书店，1992。

石昌渝：《中国小说源流论》，北京：三联书店，1995。

萧兵：《楚辞的文化破译》，武汉：湖北人民出版社，1997。

孙逊：《中国古代小说与宗教》，上海：复旦大学出版社，2000。

颜慧琪撰《六朝志怪小说异类因缘故事研究》，台北：文津出版社，1994。

叶舒宪：《高唐神女与维纳斯》，北京：中国社会科学出版社，1997。

刘开荣：《唐代小说研究》，台北：商务印书馆，1994。

刘达临编著《中国古代性文化》，银川：宁夏人民出版社，1993。

刘世德：《三国志演义作者与版本考论》，北京：中华书局，2010。

刘瑛：《唐代传奇研究》，台北：中正书局，1982。

李剑国：《唐五代志怪传奇叙录》，天津：南开大学出版社，1993。

李寿菊：《狐仙信仰与狐狸精故事》，台北：学生书局，1995。

李宗为：《唐人传奇》，北京：中华书局，1985。

李志慧：《唐代文苑风尚》，西安：陕西人民出版社，1988。

李丰楙：《误入与谪降：六朝隋唐道教文学论集》，台北：学生书局，1996。

李丰楙：《忧与游：六朝隋唐游仙诗论集》，台北：学生书局，1996。

章义和、陈春雷：《贞节史》，上海：上海文艺出版社，1999。

程毅中：《唐代小说史话》，北京：文化艺术出版社，1990。

程国赋：《唐代小说嬗变研究》，广州：广东人民出版社，1997。

齐裕焜主编《中国古代小说演变史》，兰州：敦煌文艺出版社，1990。

陈文新：《中国传奇小说史话》，台北：正中书局，1995。

陈寅恪：《唐代政治史述论稿》，台北：里仁书局，1982。

任继愈、杜继文编《佛教史》，北京：中国社会科学出版社，1995。

祝秀侠：《唐代传奇研究》，台北：中国文化大学出版部，1957。

黄霖、韩同文选注《中国历代小说论著选》，南昌：江西人民出版社，1985。

黄盛华、周启云编《鬼文化》，北京：中国经济出版社，1995。

侯忠义、刘世林：《中国文言小说史稿》，北京：北京大学出版社，1991。

高罗佩著，李零、郭晓惠等译《中国古代房内考》，上海：上海人民出版社，1996。

William H. Nienhauser, Jr. 主编《唐代文学西文论著选目》，台北：《汉学研究中心丛刊》，1989。

倪豪士：《传记与小说：唐代文学比较论集》，台北：南天书局。

汪燕岗：《韩国汉文小说研究》，上海：古籍出版社，2010。

宇文所安：《中国"中世纪"的终结》，北京：三联书店，2006。

〔美〕刘若愚：《中国游侠与西方骑士》，北京：中国和平出版社，1994。

郑在书主编《东亚女性的起源——从女性主义角度解析〈列女传〉》，北京：人民文学出版社，2005。

3. 论文

高利华：《道教与诗教夹缝中的奇葩——论唐代女冠诗人》，《唐代文学研究》，桂林：广西师范大学，1996，第6辑，

罗宗强：《唐代古文运动的得与失》，《文史知识》1988年第4期。

陶慕宁：《古典小说中"进士与妓女"母题研究》，《明清小说研究》1998年第4期。

傅璇琮：《关于唐代科举与文学的研究》，《文学遗产》1984年第3期。

徐素凤：《"温卷"说讨论综述》，《中国古代、近代文学研究》，1988，7。

于天池：《唐代小说的发达与行卷无关涉》，《文学遗产》1987年第5期。

程毅中：《论唐代小说的演进之迹》，《文学遗产》1987年第5期。

冯明惠：《传奇中爱情故事之剖析》，《中国古典小说论集》，台北：幼狮文化事业公司，1982，第1辑。

内山知也：《〈莺莺传〉的结构和它的主题》，《唐代文学研究》1992年第0辑。

Victor H. Mair：《唐代的投卷》，赖瑞和译《中国古典小说研究全集2》。

孙逊：《明代"玉堂春"故事在韩国的流传：韩国汉文小说〈王庆龙传〉》，《东亚世亚文学里的韩国汉文小说研究》，高丽大学校民族文化研究院，月印出版社，2002。

郭海文：《性别视角下的李娃形象嬗变研究》，《跨文化视野下中国古代小说学术研讨会论文集》，暨南大学主办，2011。

【韩国】

1. 古典

国史编纂委员会，《朝鲜王朝实录》。

昭惠王后韩氏·陆完贞译注《内训》，首尔：悦和堂，1985。

李淑仁译注《女四书》，首尔：图书出版女理研，2003。

林荧泽编译《李朝时代叙事诗》，首尔：创批，1992。

《王庆龙传》，韩国国立中央图书馆所藏《叁芳录》收录（汉文笔写本）。

《月下仙传》，高丽大学校所藏（韩文笔写本）。

《删补文苑楂橘》，韩国学中央研究院所藏。

李源命：《东野汇辑》，庆大师大国语学会研究资料（汉文笔写本）。

《青楼之烈女》，《古典小说解题2》，平壤：文艺出版社，1991。

申光汉著，朴宪淳译《企斋记异》，首尔：凡友社，1990。

阮屿著，朴熙秉译《传奇漫录》，首尔：石枕出版社，2000。

刘义庆撰、张贞海译注《幽明录》，首尔：生活出版社，2000。

刘向著，金长焕译《列仙传》，首尔：芸文书院，1996。

李昉等撰，金长焕外译《太平广记》，首尔：学古房，2000。

郑在书译注《山海经》，首尔：民音社，1993。

2. 专著

崔真娥译著《传奇：超越和幻想，三十一篇奇异故事》，首尔：青林出版社，2006。

金学主：《中国文学史》，首尔：新雅社，1996。

金玄龙：《韩中小说说话比较研究》，首尔：一志社，1977。

林熙秉：《韩国传奇小说的美学》，首尔：石枕出版社，1997。

李剑国、崔桓：《新罗殊异传辑校和译注》，岭南大学校出版部，1998。

全寅初：《中国古代小说研究》，首尔：延世大学校出版部，1985。

全寅初：《唐代小说研究》，首尔：延世大学校出版部，2000。

郑在书：《不死的神话和思想》，首尔：民音社，1994。

郑在书：《道教和文学以及想象力》，首尔：青林出版社，2000。

郑求先：《中世纪的内官和贡女》，首尔：国学资料院，2004。

3. 论文

金京娥：《〈汉武内传〉试论及译注》，梨花女子大学校中语中文学科硕士论文，1998。

金洛喆：《唐传奇爱情小说的构造研究》，成均馆大学校大学院中语中文学科博士论文，1997。

金敏镐：《中国话本小说的变迁样相研究》，高丽大学校大学院中语中文学科博士论文，1998。

金善子：《中国变形神话传说研究》，延世大学校中语中文学科大学院博士论文，2000。

金长焕：《魏晋南北朝志人小说研究》，延世大学校大学院中语中文学科博士论文，1992。

金芝鲜：《魏晋南北朝志怪的叙事性研究》，高丽大学校大学院中语中文学科博士论文，2001。

孙修暎：《唐传奇的小说特征研究》，延世大学校大学院中语中文学科硕士论文，1998。

宋河俊：《〈王庆龙传〉研究》，高丽大学校大学院国语国文学科硕士论文，1998。

安重源：《唐传奇的小说构成要素分析》，庆北大学校大学院中语中文学科博士论文，1999。

全弘哲：《敦煌讲唱文学的叙事体系及演行状况研究》，韩国外国语大学校中国语科博士论文，1995。

郑淳模：《唐后半期乡村社会的地主阶层研究》，高丽大学校大学院史学科博士论文，2001。

郑瞖曎：《〈玄怪录〉试论及译注》，梨花女子大学校中语中文学科硕士论文，1998。

崔琇景：《清代才子佳人小说的研究》，高丽大学校大学院中语中文学科博士论文，2001。

崔真娥：《裴铏〈传奇〉的试论及译注》，梨花女子大学校中语中文学科硕士论文，1996。

河元洙：《唐代进士科和士人》，首尔大学校大学院东洋史学科博士论文，1995。

洪尚勋：《前现代时期中国叙事论》，首尔大学校大学院中语中文学科博士论文，1999。

姜宗妊：《中国古代梦观念与唐代小说》，南开大学中文系博士论文，1998。

卢惠淑：《〈枕中记〉〈南柯太守传〉与〈邯郸记〉〈南柯记〉之比较研究》，台湾师范大学校博士论文，1988。

俞炳甲：《唐人小说所表现之伦理思想研究》，台湾政治大学中国文学研究所博士论文，1993。

郑惠璟：《唐代志怪小说研究》，台湾大学中文研究所硕士论文，1989。

金元东：《中国中世仙境说话展开（2）——以唐传奇为中心》，《中国文学》，韩国中国语文学会，1995，12，第24辑。

闵宽东：《朝鲜时代中国古典小说出版状况》，《中国小说论丛》，韩国中国小说学会，2000，第11辑。

朴在渊：《〈剪灯余话〉和乐善斋〈聘聘传〉研究》，《中国小说论丛》，韩国中国小说学会，1995，第4辑。

俞炳甲：《唐代的入仕小说表现》，《中国小说论丛》，韩国中国小说学会，1994，第3辑。

李腾渊：《古典小说批评及"虚实论"小考》，《中国小说论丛》，韩国中国小说学会，1992，第1辑。

张贞海：《神仙·道教传统中的龙的意义》，《中国小说论丛》，韩国中国小说学会，1997，第6辑。

全惠卿《通过〈金鳌新话〉（韩），〈剪灯新话〉（中）的比较来看越南〈传奇漫录〉》,《东亚传奇小说的传播与接受:东方文学比较研究会,第92次学会论文集》,东方文学比较研究会,2000。

郑在书:《中国幻想文学的历史与理论》,《中国语文学志》,中国语文学会,2000,第8辑。

崔溶澈:《金鳌新话朝鲜刊本的发掘和意义》,《中国小说研究会报》,1999,第39号。

朴在渊:《朝鲜刻本〈删补文苑楂橘〉》,《中国小说研究会报》,韩国中国小说学会,第13号,1993,3。

崔溶澈:《韩国所藏中国小说资料的发掘和研究》,《中国语文论丛》,10辑,中国语文研究会,1997。

Lee, Kang-Ok:《〈东野汇辑〉的中国笔记小说专有及其意味》,《韩国文学论丛》,第48辑,2008,4。

【日本及西欧】

1. 古典

鱼玄机、薛涛、辛岛骁:《汉诗大系15·鱼玄机、薛涛》,东京:集英社,1972。

崔令钦、孙棨著,斋藤茂译注,《教坊记·北里志》,东京:平凡社,1992。

2. 专著

近藤春雄:《唐代小说研究》,东京:笠间书院,1967。

内山知也:《隋唐小说研究》,东京:木耳社,1977。

小川环树:《中国小说史研究》,东京:岩波书店,1968。

Aristotle, Gerald F. Else, *Poetics*, Michigan University Press, 1967.

Ceri Sullivan and Barbara White, *Writing and Fantasy*, New York: Wesley Lomgman, 1999.

Dorothy Ko, *Teachers of the Inner Chamber: Woman and Culture in Seventeenth-Century China*, Stanford University Press, 1994.

Edward H. Schafer, *The Divine Woman*, Berkeley: University of California Press, 1973.

Jessie L. Weston, *From Ritual to Romance*, Cambridge University Press, 1957.

Marie-Louise von Franz, *Alchemical Active Imagination*, Dallas: Spring Publications, 1979.

Maurice Keen, *Chivalry*, Yale University Press, 1984.

Michael Loewe, *Ways to Paradise*, London: George Allein & Unwin, 1979.

Michael R. Saso, *Taoism and the Rite of Cosmic Renewal*, Washington State University Press, 1972.

N. J. Girardot, *Mith and Meaning in Early Taoism*, Berkeley: University of California Press, 1983.

Northrop Frye, *The Secular Scripture*, Cambridge: Harvard University Press, 1976.

Robert L. Krueger, *The Cambridge Companion to Medieval Romance*, Cambridge University Press, 2000.

Sheldon Hsiao-peng Lu, *From Historicity to Fictionality*, Stanford University Press, 1994.

Tompson Stith, *The Motif-Index of Folk-Literature*, Indiana University Press, 1955.

Victor Turner, *The Ritual Process*, Cornell University Press, 1987.

3. 论文

富永一登：《狐说话の展开》,《学大国文》, 大阪教育大学, 1986, No. 29.

刘三富：《裴铏の传奇小说〈聂隐娘〉をめぐる诸问题》,《文学研究》, 1981, No. 78。

山田利明：《太平广记神仙类卷第配列の一考察》,《东方宗教》, 1974, No. 43。

中山八郎：《"虬髯客传"における史实と虚构（二）》,《人文学会纪要（国士馆大）》, 1977, 9。

诸田龙美：《中唐における艳诗の流行と女性 —元白の艳诗を中心として》,《中国文学论集》, 九州岛大学中国文学会, 1995, 第 24 号。

Curitis P. Adkins, *The Supernatural in T'ang Ch'uan-ch'i Tales: An Archetypal View*, Ohio University（Ph. D.）, 1976.

Curitis P. Adkins, "The Hero in T'ang Ch'uan-ch'i Tales", *Critical Essays on Chinese Fiction*, The Chinese University Press, 1980.

Han-liang Chang, "Towards a Structural Generic Theory of T'ang Ch'uan-ch'i", *Chinese-Western Comparative Literature Theory and Startegy*, The Chinese University of Hong Kong, 1980.

Hammond. Charles Edward, *T'ang Stories in the T'AI-P'ING KUANG-CHI*, Columbia University（Ph. D.）, 1987.

John L. Bishop, "Some Limitations of Chinese Fiction", *Studies in Chinese Lirerature*, Cambridge: Harvard-Yenching Institute, 1965.

Min Woong Park, *Niu Seng-ju（780～848）and His Hsüan-kuai lu*, University of Wisconsin-Madison（Ph. D.）, 1993.

Victor H. Mair, "Sroll Presentation in the T'ang Dynasty", *Harrvard Journal of Oriental Studies*, 1978, Vol. 38, No. 1.

William H. Nienhauser, Jr., "Some Preliminary Remarks on Fiction, The Classical Tradition and Society in Late Ninth-century China", *Critical Essays on Chinese Fiction*, The Chinese University Press, 1980.

Y. W. MA, "Fact and Fantasy in T'ang Tales", *Chinese Literature*, 1980, Vol. 2, No. 2.

Yü Ying-Shih, "O Soul, Come Back! A Study in the Changing Conceptions of the Soul and Afterlife in Pre-Buddihist China", *Harvard Journal of Asiatic Studies*, 1987, Vol. 47, No. 2.

后 记

　　1997年,我以访问学者的身份来到了中国社会科学院文学研究所,这是我第一次与中国学术界结缘。中国学者有什么想法?他们做学问时对什么感兴趣?带着这些好奇,我开始了对中国古典小说的研究。

　　回顾过去,我真的非常幸运。多亏我的导师——文学研究所刘世德教授的指导,我才获得了很多参加中国国际研讨会的珍贵机会,提高了作为一个学者该有的水平,并拓宽了眼界。跟随我的导师,我还学到了作为一个研究人文学的学者该具有的品德。希望曾指导和教诲我这个外国学生的刘世德教授健康永存。

　　本书以一个韩国学者的视角来分析中国的古典小说。笔者认为中国古典小说的叙事视角是融事实和虚构、历史和幻想为一体的。所以,笔者以一种不同于从前的方法进行分析,侧重于挖掘中国古典小说的新的文化含义。笔者作为一个韩国学者

后　记

能对中国古典小说进行研究并运用新的视角和方法论，首先要感谢韩国梨花女子大学中文系的郑在书教授，他从本科开始就对笔者进行了耐心的指导，给了我很大的帮助。韩国学者研究中国古典小说与中国学者不同，笔者从郑在书教授那里学到了用韩国学者的视角进行研究的方法。在此衷心感谢郑在书教授。

笔者还要感谢对笔者进行教导，并在学问之路上指引笔者的中国社会科学院文学研究所的石昌渝教授和韩国延世大学中文系的全寅初教授。此外，此书的出版，还要归功于校正外国学者生涩的中文文章，并把其编辑成书的社会科学文献出版社的高雁女士。

笔者希望在中国古典小说的研究领域，本书能对中国学者了解韩国学者的视角和见解有所帮助，并希望通过本书指出，中国古典小说研究并不是一个狭窄领域的研究，而是一种泛世界的、超文化的研究。

最后，笔者希望与学问之路上并肩前行的丈夫金敏镐一起分享本书出版的喜悦。

2013 年夏于首尔
崔真娥

图书在版编目(CIP)数据

幻想·性别·文化：韩国学者眼中的中国古典小说/(韩)崔真娥著.—北京：社会科学文献出版社，2013.8
(2014.4重印)
ISBN 978-7-5097-4379-9

Ⅰ.①幻… Ⅱ.①崔… Ⅲ.①古典小说-小说研究-中国　Ⅳ.①I207.41

中国版本图书馆CIP数据核字（2013）第045280号

幻想·性别·文化
——韩国学者眼中的中国古典小说

著　　者/〔韩〕崔真娥

出　版　人/谢寿光
出　版　者/社会科学文献出版社
地　　　址/北京市西城区北三环中路甲29号院3号楼华龙大厦
邮政编码/100029

责任部门/经济与管理出版中心　　　责任编辑/高　雁　李　佳
　　　　　（010）59367226　　　　责任校对/王洪强
电子信箱/caijingbu@ssap.cn　　　　责任印制/岳　阳
项目统筹/恽　薇
经　　销/社会科学文献出版社市场营销中心（010）59367081　59367089
读者服务/读者服务中心（010）59367028

印　　装/北京京华虎彩印刷有限公司
开　　本/787mm×1092mm　1/20　　印　张/11.6
版　　次/2013年8月第1版　　　　　字　数/167千字
印　　次/2014年4月第2次印刷
书　　号/ISBN 978-7-5097-4379-9
定　　价/45.00元

本书如有破损、缺页、装订错误，请与本社读者服务中心联系更换
▲ 版权所有　翻印必究